DENMA

THE QUANX

17

양영순

다이크

각자 개인 시간 갖다가 이따 7시에 보자.

오늘 저녁은 내가 살게.

뭐야, 좋은 일 있냐?

좋은 일은 뭐… 난 그저 살아 있는 매일이 감사해.

내 제안… 신경 써 줘.

이 친구 집요하네. 이따 봐.

……

그래… 할이란 저 친구 말이 맞지.

모두 인장을 쥐고 출발하면 분명한 선점 효과를 얻어.

문제는 하즈에게 어떻게 어필해야 조건 없이 인장을 얻을 수 있느냐…

무슨 명목으로 얘길 꺼내지?

당최 모르겠다. 잘난 여자들 천지인 세상에 그런 몸치가 어디가 좋다고…

큰일 앞두고 사사로운 감정에 휘둘리는 건 여전해.

하긴 그런 순수한 태도에 엘 님과 인연을 맺긴 했지만…

팅

CALL

!

응…?
웬일인가?

안녕하십니까?
때마침 근처인데
잠시 찾아뵙고 여쭐
말씀이 있어서요.

오돔…?

예!

확실해?

쿵 연합을 통해
만난 멤버들이라
모두 신중합니다.

의뢰인에 대해
저희도 아는 게 있어야
적정 가격을 조율
하니까요.

그래.
자네들에게 어떤 일
을 시키려고…?

지정한 구역에서
테러 기계들을 부수는
일이라고 했는데… 바로
그 점이 이상합니다.

그런 거라면
자신의 경호원들로도
충분할 텐데요.

굳이 번거롭게
돈까지 써가면서
저희를…?

오돔 공작이
엘가를 돕는다는 얘긴
다들 아는지라

하즈 님께
여쭤보면 자세한
내막을 알 수 있지
않을까 해서
왔습니다.

……

이것 봐라.
오돔이 분명 무슨
꿍꿍이가 있었어.

아는 바가
없네. 그들과 나누는
모든 메시지를 내게
보고해줘.

여부가 있겠습니까?
보다 정확한 정보를 확인해
올리겠습니다. 해서
말인데…

7

새로운 팀원들도 펜타곤처럼 하즈 님께 인장을 하사받을 수 있을까요?

그렇게만 된다면 엘가의 모든 명령을 보다 빠르고 정확하게 처리할 수 있게 됩니다.

일의 집중도와 안전성이 확보돼…

내 요구가 최우선이라는 원칙만 지켜진다면야 그건 어렵지 않지.

무엇보다 나와 일하는 게 외부로 알려지면 안 되는 건…

그건 저희가 목숨과 맞바꿔 지키는 기본 규율입니다.

좋아. 그래, 새 팀원은 모두 몇인가?

여기… 세 사람입니다.

!

다이크 이 자식… 도대체 이놈은…안 끼는 데가 없군.

그럼 이것들… 가이린에게서 들은 정보를 공유하고 있는 건가?

뭐, 그렇다 해도 딱히 염려할 필요는…

이래저래 이 녀석과는 숙명이군. 제 아버지 휴빙을 생각해 특별히 거두었건만…

난 기회를 줬어. 하지만 외행성행을 마다하고 이렇게 다시… 그건 네 운명이야. 여기까지다.

알았어. 주위 시선도 있고 하니 내일 한 명씩 교대로 와서 인장 받아 가라고 해.

감사합니다, 어르신! 최선을 다하겠습니다!

테이…

우리 테이…

정말 돌아온 거니? 고맙구나. 널 진작에 불렀어야 했는데…

그동안 어떻게 지낸 거냐?

아가씨, 아버님 이마에 뽀뽀라도…

딱

오, 우리 딸…

공작님, 아가씨가 아무 말씀도 못 하시네요.

감정이 북받치시는 모양입니다.

……

어쩌면 내가 괜한 짓을 하는지도 모르겠다.

귀족들이라 이곳에서 쓰던 물건들을…

9

테이가 평민으로 살아온 이런 흔적들을 반길 리 없지.

탁

……

설사 그렇다 해도 이것들은 가족에게 가는 게 맞아.

박스째 버린다면… 그 또한 그들의 선택.

이건… 테이를 위해 내가 할 일이야.

!

……

그 빵이 그렇게 맛있어?

…이거 몇 개만 더 훔쳐 와.

ㅎㅎㅎ… 그렇게.

……

……

10

평의회 제3감옥

대화는 5분을 넘지 않도록 각별히 부탁드립니다.

여부가 있겠습니까? 당연히…

시간을 더 드리고 싶지만 이미 규정을 벗어난 일이라…

그저 감사할 뿐입니다.

오돔 공작님께 안부 전해주십시오. 그럼…

어르신, 오랜만에 인사드립니다.

간만이야. 얘기는 들었어.

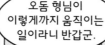

오돔 형님이 이렇게까지 움직이는 일이라니 반갑군.

물론 형님 일이니까 도와야지. 근데…

6 대 4는 불합리해.

예?

그런 조건은 내가 밖에서 우리 애들을 관리하던 때나 가능한 거지.

주인이 이렇게 갇혀서 수시로 챙겨줄 수 없으니… 그만큼 돈이 더 든다 이 말씀이야.

형님께 보상 비율을 4 대 6으로 재조정하겠다고 전해.

동의하실 거야. 우리 견자단 화력을 누구보다도 잘 아실 테니.

고산의 백경대조차 우리 애들이랑 직접 부딪치는 걸 두려워하잖아.

11

……

세상에…

아가씨…

테이 아가씨…

안타깝네. 테이 님도 정말 기뻐했을 텐데…

유모를 자기 엄마보다 더 좋아했었잖아.

너무 상심 말자고. 의사가 의식이 회복되는 경우도 있댔어.

아…

아가씨, 예전 모습으로 되돌아오게 제가 잘 보살필게요.

그러니 우리 같이 힘내요.

나도 잘 부탁해. 유모랑 한 팀이 돼 기분 좋아.

당신이 세인트가에서 제일 요리를 잘하잖아.

아가씨, 오늘 햇볕은 이 정도 받으시고 이제 일어날까요?

딱

아가씨는 언제까지 이곳에 머물게 되죠?

공작님이 돌아가실 때까지 …라고 들었어.

그럼 그 이후엔…?

……

……

우리… 기도하고 노력하자고. 그 전에 아가씨가 깨도록.

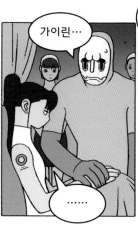

가이린…

……

잘 잤어? 미… 미안. 정말 미안. 그런 곳에 데려가는 게 아니었는데…

가이린, 괜찮아…?

응…

……

하아아아…

'네'라고 답하지 않고 가녀린 목소리로 '응'이라며 안기는 이거, 이거…

거기다 몸도 미세하게 떨리고 있어.

자기를 지켜주고 싶게 만드는 본능적인 반응…

아, 미치도록 귀엽고 사랑스럽다.

가이린, 내 사랑… 내가 널 꼭 지켜줄게.

넌… 넌 내 사람이야.

……

내가 4, 본인이 6을 먹겠다고?

대신 주인님이 다치는 일 없게 바후 님 이름으로 진행하자고 했습니다.

흠…

허락하시죠. 떼주는 뭣에서 시선만 거두면 손해날 일 없는 괜찮은 조건입니다.

그래, 바후 동생이 감옥에 있는 처지를 이용해 날 보호 하겠다는데…

당연히 그 정도 대우는 해줘야지.

좋아, 견자단 애들 당장 우라노로 불러들여!

이제 인장 장사를 대놓고 시작하자고! 우라노를 통째로 털어먹는 거다!

그… 그간 안녕하셨습니까?

이게 누구야…?

죽을죄를 지었습니다. 부디 자비를 베푸시어…

뭐야, 왜 돌아왔어? 야반도주에 성공했잖아.

제가 어리석었습니다. 엘 백작님의 영지 안에서 보호받고 있었다는 사실을

뒤늦게 깨달았습니다. 부디…

다시 이곳에서 일할 수 있는 기회를 주신다면…

자네 통신 라인 연결돼 있나?

예… 외부 라인을 개설해 쓰고 있습니다.

내 통신 코드 기억하지? 바로 연결해봐.

내일부터 다시 보자고. 늦지 말고.

가… 감사합니다, 나리! 감사합니다. 최선을 다해…

신경 써줘서 고마워.

탁

난 원하는 거 줬어. 당신들 차례야. 인장을 받을 만한 가치를 입증해.

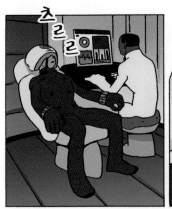

......

......

근데 다이크 이놈은 언제 끝나?

그러게. 꽤 걸리네. 인장 박는 거 간단 하던데…

우이 씨…

발바닥까지 받았냐? 왜 이제 기어 나와?

기분 나빠, 젠장! 머리를 온통 헤집어 놓은 것 같아.

머리? 머리는 왜?

왜냐니? 너희도 머리에 뭔가 뒤집어 쓰지 않았어?

전혀. 우린 손바닥에 바로 받는데?

응…?

뭐야, 너 어디 가서 뭘 받고 온 거야? 장갑 좀 벗어봐.

인장…

맞는데?

뭐야, 난 왜…?

......

엘가 인장에는 용도별로 몇 가지가 있지.

네가 받은 건 가장 강력한 구속력을 가진 종신 노예용이다.

정말…?

응, 내일부터 출근하래. 나 이제 다시 여기서…

띠리릭

CALL

아, 전화… 다시 연결할게. 잠시만.

나리, 부르셨습니까?

간만이라 내가 깜빡하고 잊은 게 있어.

엘가에서의 내 원칙 말이야.

예…?

도망친 종신 노예에게 자비란 없다. 엘 가라사대…

죽어!

콱

크흑…!

털썩

뇌에 각인된 강력한 암시를 건드리는 말 한마디면 당장 심장을 멎게 할 수 있지.

다이크, 이제 네 생사는 그야말로 내 손에 달렸어.

17

때마침 잘 오셨습니다.

평의회로부터 시찰단 파견 통보를 방금 전달 받았습니다.

수고 많으셨습니다.

이로써 우리 사업에 필요한 모든 세팅이 끝났네요.

당장 우라노 전역에 30% 할인된 인장 광고를 시작 하죠.

현장 사업권은 귀족연합 회원들께 골고루 나누고요.

우라노 곳곳에 널린 그들의 사업장을 매장으로 씁시다.

예? 조용히 변칙적으로 사업을 진행하는 게 아니었습니까?

그렇게 대놓고 행성 단위로 일을 벌이게 되면

엘가의 저항이 만만치 않을 텐데요.

저항이라뇨? 테러의 위협으로부터 행성민들을 살리는 일인데?

만일 소유권을 주장하며 인장 판매 일로 우리에게 시비를 건다면

엘가는 우라노 인민들의 생명을 유린한 죄로

8 우주민들과 평의회의 심판을 받을 것입니다.

무엇보다 엘 백작이 날 모욕한 일이 있으니 명분은 더해져요.

우린 행성민을 한 사람이라도 더 구하기 위해 엘가와 맞서는 겁니다.

이제 귀족들이 인민들을 위해 두 발 벗고 나설 때인 거죠.

결국에 엘가는 존속을 위해 우릴 지원하기까지 할 겁니다.

백작이 소유권 때문에 물리적인 행사를 한다면…?

제 사촌 바후가 전면에 나서기로 했어요.

바후? 혹시 전에 8우주 종합뉴스에 나왔던…?

하하하… 예, 모두들 악당으로 잘못 알고 있는 그 친구 맞습니다.

퍼버버버벅

꺄아항

꺄아아아… 살려줘!

슝

척

멈칫

슝 슝 슝 슝

고… 고마워요, 쿵 아저씨.

괜찮네. 천하무적이 된 기분인걸.

아, 살았다!

감사합니다! 제 생명의 은인…

그럼 입금!

예?

아, 생명의 은인이라며? 성의 표시 좀 해.

아…

틱

네…

틱

백만 원…?

허억! 또 온다! 살려줘!

됐어. 백만 원짜리 인간한테 시간 쓰고 싶지 않아.

아, 없어서 그래요! 도와줘요! 살려주세요!

아, 됐다고! 없으면 빌려서라도 주는 성의가 있어야지. 사람이…

난장판인걸 보니 엘의 영지에 잘 도착한 것 같군.

이봐, 거기! 엘 백작의 집이 어딘지 아나?

뭐야, 저것들…?

손님이라면 거리에서 길을 묻진 않았겠지…?

아, 나도 여기 초행이라 잘 몰라.

거짓말, 손바닥 엘가 인장은 뭔데?

응?

아, 이건…

츠르륵

!

우와앗…!

텅

아니 이것들이 미쳤나? 다짜고짜…

내가 누군 줄 알고…

콱

저쪽입니다! 차로 30분 정도 직진하면 나와요!

제 눈을 보세요! 저는 모른 체나 거짓말 하지 않습니다!

누군 누구야? 8우주에 널린 주둥이 쿵이겠지.

일반인에게 묻는 게 낫겠어. 거기, 너!

그럼…

예, 오늘 통보를…

해냈군요. 거래한 보람이 있네요.

해서 말인데 오돔 공작의 사업 확장 제안을…

좋습니다. 대신 평의회 시찰단 방문이 차질없도록 끝까지 책임져야 합니다.

물론이죠! 감사합니다.

나이스!

그럼 또 연락 드리겠습니다.

그럽시다.

숙

드디어 우리 계획을 8 우주로 확장할 기회가 왔군.

현재 대량 살상 무기 개발 시설들은 절반 정도 완성돼가고 있어.

버려진 방공호 시설들을 리모델링하는 과정은 순조롭고

행성 운영 데이터 수치들은 평균인데…

한 가지 주목할 항목이 있다.

외행성에서 새로 유입되는 큉의 수… 급증했어.

특히 이 중에는 300여 명 정도 규모의 큉 무리도 있는데

대화를 들어보니 이들은 바로

오돔이 사촌에게 빌렸다는 화력.

즉, 백작 바후의 경호대, 견자단으로 확인된다.

놈들의 역할은 외행성 패거리들로부터 인장 판매 권리를 지키는 것.

행성 전역의 귀족연합 멤버들 매장에 각각 배치될 거야.

오돔은 이들에 대해 상당한 자신감을 가지고 있던데

고산의 백경대조차 그들을 부담스러워한다는 거야. 이유를 확인해 보니…

게오르그 필터 반응은 보통의 전투 쾽과 같은데

싸울 때, V6라는 일종의 각성제를 쓴다는군.

수십 배로 증폭된 신체 능력이 몇 시간씩 지속되는 거지.

바후 백작이 소유한 제약회사에서 개발했대.

물론 8 우주 식품의약국에 의해 바로 금지약물로 분류됐지.

인간은 믿을 수가 없어. 본인들이 힘의 우위에 있다고 판단하는 순간,

언제든 우릴 이용하다가 치려고 들 거야.

그래서 각성제를 복용한 견자단의 전투력…

우리가 제압할 수 있는 수준인지 당장 확인해야 한다.

……

하즈가 대신해 주면 안 돼?

예?

결재할 양이… 너무 많아.

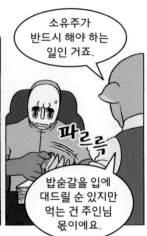

소유주가 반드시 해야 하는 일인 거죠.

파르륵

밥숟갈을 입에 대드릴 순 있지만 먹는 건 주인님 몫이에요.

가진 게 많아서 그런 거니까 감당하세요.

후우우… 알았어, 알았다고.

정말 이걸 전부 다 친필 사인해야 되는 거야?

예, 전부 동의하신 건이에요. 끝나면 부르세요.

야아아아… 절반씩 나눠서 하자.

소유권 절반 주시면 생각해볼게요.

……

……

끄으응… 이 난리 통에도 계약은 계속 일어나는군.

……

가이린…

우리 가이린, 지금 뭘 하고 있으려나?

24

후우우…

아가씨, 날이 찹니다. 여기 담요…

아, 고마워요.

안 바쁘시면 잠시 차 한잔 같이해요.

예? 아… 괜찮으시겠어요?

아무래도… 쿵에 대한 일반인들의 공포 때문에 우리가 할 수 있는 일들은 한정돼 있죠.

누구는 나보고 운이 좋다는데… 솔직히 잘 모르겠어요.

여기서 언제까지 일할 수 있을지… 또 이후엔 뭘 할지…

이러다 연애 한번 못 하고 노후 준비해야 할 것 같아요.

그건 너무 걱정 마세요. 이성들이 좋아할 타입이니까.

예? 정말요? 아가씨 말씀이라 위로가 되네요.

뭐야, 이 자식! 갑자기…

대화 주제가 왜 은근슬쩍 그리로 튀는데?

하즈!

팅

예? 벌써 다 하셨어요?

경호원들 가이린과 개인 접촉 금지시켜! 어서!

……

돌겠네. 가문의 운명이 걸린 마당에 서툰 연애 감정에 휘둘려서는…

내가 사람을 잘못 본 걸까? 겨우 저런 인간을 위해 이런 개고생을…

하즈 님! 이것 좀 보세요!

우라노 전역에 할인된 인장 판매 광고가…

이… 이건 뭐야?

뭐야, 마치 처음 본다는 그 뻔뻔한 표정은?

내 표정이 그렇게 다양했나? 처음 보는 거 맞아.

그게 말이 돼? 이 메시지가 우라노에 퍼진 지 몇 시간이나 지났는데?

츠르르ㄹ

어디 보자, 누구 소행인지…

연기하지 마! 나 몰래 숨기는 거 있지?

귀족연합… 돈 욕심에 이런 짓까지 하는군.

이건 순전히 인장 관리를 허술하게 한 네 잘못이야.

탐욕스러운 너희 인간들 문제니까 알아서 해결해. 그럼, 이만.

팅

OFF

이봐, 야!
나비! 나비야!

……

특정한 명분도 없이
귀족연합에서 이렇게
뻔뻔하게…?

어디… 대체
무슨 속셈이냐?

공지 사항에
새 메시지…

뭐?
평의회 시찰단
방문 대환영?

케일 공작이
주선했다고?

……

그래,
오돔 짓이군.

우라노 귀족들과의
친목질은 결국 인장 판매처를
얻기 위한 속셈이었어.

수익 분배 방식으로
거래하면 돈 한 푼 안 들지.
행성 전역에 널린 멤버들의
기존 사업장을 이용하면
되니까.

우라노 큄들을
사서 기계들과 싸우는
퍼포먼스로 시찰단을
통해

평의회의 개입을
원천 봉쇄하려는 거다.
우라노의 자구책을
보여주는 거야.

그리고 나면
오돔은 그야말로
우라노를 탈탈 털어
먹게 된다.

……

그런데…
우라노 약탈을 지속
하려면 외행성 강도들을
제압할 화력이 필요해.

본인 경호대는
이미 전력 손실이
있으니 우라노 전역을
커버하려면 반드시
어디선가 화력을…

!

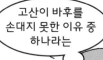

고산이 바후를 손대지 못한 이유 중 하나라는

사촌 바후 백작…

경호대 견자단…

텅

우와앗…!

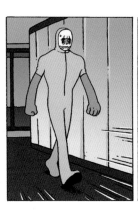

그렇다!

이게 최고의 차선책이야. 가이린도 나도 행복해지는 유일한…

하즈…

!

으으읍! 으읍…! 으… 읍읍읍!

오, 마침 제 발로 여기까지 와주셨네. 네가 엘? 맞지?

다… 당신들 뭡니까?

우리가 누군지는 알 필요 없고

우리가 원하는 것에만 신경 쓰면 돼.

아, 그럼 백작님과 얘기하셔야겠군요.

잠시 기다려 주시죠. 제가 모시고 오겠습니다.

개수작 말고 앉아!

탕

턱

협조하면 금방 끝나.

네 계좌 열어!

예…?

아, 왜 못 알아 듣는 척해?

빡

조용히 빨리 끝내면 될 일을…

으읍!

으으읍…!

칭

이제 들어오는 돈 세는 일만 남았군.

이 모두가 주인님의 판단력과 추진력 덕분에 가능했습니다.

보자. 우리가 빠뜨린 일은…?

엘가에 전화해 경비 대금을 청구하는 정도…가 있겠네요.

크크크… 그거 재밌겠군. 반응이 너무 궁금해.

지금 당장 전화해봐.

하즈라는 놈 혈압을 최대치로 끌어 올려봐.

여부가 있겠습니까? 간만에 입 좀 털겠습니다.

크아아아…

징그러, 젠장! 멈출 수가 없다고!

크으읍…!

팅

!

하하… 안녕하…

우읍! 우으읍…!

아뿔싸, 전화…!

틱

OFF

……

염병, 들켰다! 그만 패고 빨리 돈이나 뺏어!

이런 빌어먹을…!

31

뭔가… 지극히 사적인 시간을 보내고 있던 건 아니고?

예, 위급한 상황으로 판단됩니다.

그럼 도와야지. 그들이 다치거나 죽어 버리면 약 올리는 재미가 사라져.

당장 견자단 애들 몇 보내서 해결해.

……

콱! 이게 시간 끌고 있어. 당장 이체 마무리 안 해?

이… 이마 출혈 때문에 잘 안 보여요.

슈 슈 슈

!

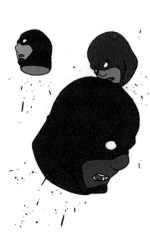

오돔 공작께서 보내셨습니다.

두 분… 괜찮으십니까?

아버지…!

텅

이거야, 원…

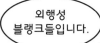

외행성 블랭크들입니다.

단순 강도인데… 문제는 이게 시작이라는 점이네요.

평의회와 우주 패트롤의 개입이 없는 타이밍을 이용해 엘가를 털려고 했어요.

엘가와 우라노의 혼란 상황을 블랭크들이 알게 됐다는 겁니다.

대비책을 강구하지 않으면

젠장! 오돔의 경호대가 철수하자마자 하이에나 떼들이…

고맙습니다. 덕분에…

이래저래 골치 아프겠어요.

!

여러분은 오돔 공작님의 경호팀… 이죠?

아뇨. 소속은 다릅니다.

저희는 잠시 공작님을 돕고 있을 뿐입니다.

그만 가자.

어르신께 상황 보고는 내가 할게.

아, 혹시 그럼 바후 백작님의…?

……

……

거참…

질문 많으시네.

흠칫

집사님, 중요한 건 우리가 누군지가 아니라 오돔 공작님이 두 분을 구했다는 사실이죠.

우린 그렇게 친절하지 않아요.

아, 미… 미안합니다. 여러분을 불편하게 할 의도는 없었어요.

공작님께 감사 인사는 제가 직접…

슈슈슈

……

후아아아…

우라노 공기 괜찮네.

텁텁함 없이 깔끔해. 여기로 이사할까?

뛰어! 어서 달아나!

툭툭툭

!

텅 텅 툭툭 툭

텅

철컥

철컥

제기랄!

!

혹시 쿵들이세요? 그럼 좀 도와줘요!

쿵 맞아. 근데…

우리가 왜 도와야 하는데?

타깃을 조립된 최소 단위로 분해하는 네 기술은 언제 봐도 말끔해.

말끔하긴… 늘 지저분한 흔적을 남기는걸.

아예 멀리 보내 버리는 네 방법이 깔끔하지.

이계로 보내는 거라면 모를까 8 우주 어디선가 발버둥치고 있을 텐데?

그나저나 우라노 전역이 이런 꼴이라니…

배고파.

……

거기 그것들로 테스트하자.

근처에 있는 테러봇들을 전부 집결시켜.

문을 연 식당이 있을까?

이 난리통에도 벌어먹고는 살아야지. 돌아보자.

그르르르르르

!

쉴 새 없이 공격해!

놈들이 각성제를 입에 털어 넣도록 압박해!

아, 귀찮아.

슈 슈 슉

다른 동네로 가자.

응?

......

수… 순간이동이 300명 모두 가능한 건 아니겠지?

말 더듬지 마. 사천왕의 품위를 지켜라.

화력 테스트를 위해 놈들이 각성제를 쓰게 만들려면

대규모 전투가 적합할지도…

감사 인사는 직접 전하겠다고 합니다.

수고했어. 팀원들에게 각자 맡을 매장 위치 확인 하라고 전해.

8 우주의 행운이 내게 몰리고 있군.

절묘한 타이밍에 엘의 목숨까지 구하다니…

이제 엘의 면전에서도 인장을 팔 수 있겠어.

자, 우라노의 지갑을 바닥까지 탈탈 털자고! 전 매장 문 열어!

......

......

조금…

조금 이상한 얘기… 해도 될까요?

벌써 흥미진진한걸.

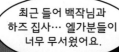

최근 들어 백작님과 하즈 집사… 엘가분들이 너무 무서웠어요.

그건 저 같은 계급의 사람들이 느끼는 일반적인 공포일 거예요.

공포…?

네, 귀족들의 목표와 그걸 이루는 방식… 일반 상식을 훨씬 웃돌잖아요.

같이 엮여 있다가는 언제 어떤 수단으로 소비돼버릴지 모르니까…

이런…

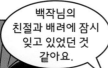

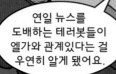

백작님의 친절과 배려에 잠시 잊고 있었던 것 같아요.

연일 뉴스를 도배하는 테러봇들이 엘가와 관계있다는 걸 우연히 알게 됐어요.

지금 제 처지를 깨닫게 되니까 갑자기 너무 무서워지는 거예요.

가이린…

저는 이제껏 제가 감당할 수 없는 현실과는 늘 타협 하며 지냈어요.

이번에도 제 자신을 계속 설득했거든요. 언제 죽어도 이상할 것 없으니

그저 지금 이 순간에 감사하자. 그런데 아무리 되뇌도 좀처럼 진정되질 않는 거예요.

사람의 탈을 쓴 괴물들…

후우우…

수많은 무고한 죽음들은…? 정말 내게 그렇게 상냥한 분이 꾸민 일일까?

그러다 백작님이 강도들에게 얻어맞았다는 얘길 들으니까

비로소 사람 같은 구석은 있다는 생각에 번잡했던 마음이 돌연 차분해지는 거예요.

역시… 조금 이상한 얘기죠?

아니. 그거 엄청 많이 이상해. 역시 가이린은 나 같은 악당이 당하니까 고소한 거잖아.

악당이라뇨? 그건 최소한의 인성이라도 남아 있는 경우에 쓰는 단어죠.

행성민들에게 백작님은 그야말로 지옥의 밑바닥도 과분한 악마 중의 악마…

여느 귀족들처럼 선악이라는 개념이 없으신 거죠? 이윤 추구가 최고 미덕인…

응. 어느 순간 옳다 그르다는 분별이 무의미해지더라고.

가이린은… 이런 나와 같이 있는 거 괜찮아?

별수 없잖아요. 지금 우라노에서 여기보다 안전한 곳이 또 있겠어요?

그럼 다행… 졸려.

잠들 때까지 손잡고 있어도 돼?

네, 그렇게 하세요.

이럴 때 '네'보다는 '응'이라는 답변을 듣고 싶어.

……

부탁이 아니라 명령이나 협박처럼 들려요.

고마워. 곁에 있어줘서…

……

…응.

……

도련님…

당장 고산가에
도움 요청해.

먼저 굽히면
완전히 종속되고
맙니다.

그래도 아버지가
강도들한테 맞아 죽진
않을 거야.

오돔이…
경호대 전력만
남겼더라도…

당신이 옷장에
잠들어 있지 않았으면
그런 일 없었겠지.

지금 그만두면
결국 고산가의 간섭을
받으며 꼼짝 못 하게
돼요.

8 우주 진출은
완전히 무산될
겁니다.

그게 누구 꿈인데?

탁

우리 아버지 거야?

턱

천격

아직은 운이
남아 있는 모양이네.
잘 들어.

아버지와 날
당신 야망이나 채우는
수단으로 여기는 거
정말 진저리 나.

어서
고산에게 전해.

휘청

내가 직접 구걸
하러 갈 테니까.

42

아야!

아, 좀 살살...

엄살은...

다짜고짜...
그 빌어먹을 자식들,
내가 다시 만나기만
하면...

쨔잔...!

저건 또 뭐야?

꿈의 장비,
워 머신이다.

내가 투자 좀
했지.

네가 준 인장
덕분에 요즘 돈 많이
벌고 있어.

안전하고
일도 수월하고...

야, 그럼 수익의
20%는 내게 돌려줘지!

아, 돈은 제트 스트림
애들한테 뜯어. 우리가
한두 해 사이야?

대신에
인력 달리면 바로
합류해줄게.

퍽이나...
입에 침이나
발라.

가알의 활약 덕분에
펜타곤의 위상이 다시
회복 중이야.

방위팀 전체
실적 순위에서는
탑 10안에 들었고
일반인 팀 중엔
넘버 3야.

무엇보다
엘가와의 유대가
소문나면서 일이
몰리고 있어.

이게 다 네 덕분.
우리와는 언제부터
같이할 거야?

설마…
우리 같은 일반인
떨거지 떼내고

쿵들끼리 모여
왕창 털어보겠다는
심산이야?

뭐…?
아, 왜 아니겠어?
너처럼 은혜도 모르는
뻔뻔한 놈보다야

감사한 줄 아는
쿵이 낫지…

야, 이 멍충아!
펜타곤의 정체성이
뭔데?

에러 난 장난감
부수는 게 우리 일이냐?
쿵 잡는 거잖아!

우라노 소란이
잦아들 때까지는
둘이서 버텨!

난 엘가의
최고 하수인이
될 테니까!

평의회가
언제 개입할지 몰라.

그럼 꿀 빠는
일은 끝! 그러니
지금 부지런히
챙기라고!

띠리릭

CALL

호출이다!

드드드드드

평의회 시찰단이
방금 도착했네.

준비하게.

랄랄라…

끄르르르…

치클
치클

……

타
다
닥

……

으흥…?

이제는 손바닥을
보여줄 필요도 없어!

업그레이드된
인장을 테러봇들이 알아서
확인하고 비켜가니까!

파격적인 할인가에
할부 가능!

부담없는 이자로
대출까지 오케이!

함께 삽시다.
이 행사는 그간
행성민들의 성원에
보답하고자

우라노 귀족
연맹에서 준비한
서비스입니다.

우리는 가진
사람들에게만 열려 있지
않습니다.

행성민이라면
그 누구라도 인장을
받을 수 있어요. 지금
신청하세요.

이권에 눈이 멀어 행성민의 운명 같은 건 안중에도 없는 쓰레기 귀족들이

행성을 팔아치울 궁리를 하는 동안,

짚나이트 독점권을 쥔 소패왕의 등장으로 우라노는 위기에서 벗어났어요.

모두 하즈 님의 지략이었다는 거… 알 만한 사람들은 다 안다고요.

지금 겪는 혼란도 반드시 거쳐야만 하는 과정이란 걸 저희도 공감해요.

8 우주로 진출하지 않으면 우라노에 미래는 없다는 걸 모두 잘 알고 있단 말입니다.

이 시간들을 견뎌낼 테니까 제발…

저희가 하즈 님 뒤에서 버티고 있다는 사실을 잊지 말아 주세요!

이 행성의 진짜 리더가 누구인지

저희 만큼은 분명히 알고 있다고요!

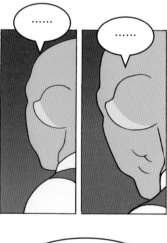

……

……

딱

아야!

아파…

달랜다고 주면 어떡해? 몸에도 안 좋은걸…

가자고. 오돔에게 감사 인사부터 해야지.

옛썰!

47

그야말로
문전성시로군.

좋아.
아주 좋아.

사람 귀하게
여기는 내 진심이
우라노 행성민들에게
전해졌어.

문제는
이 분위기가 얼마나
지속되느냐.

사천왕과 귀족
연합의 약속이 흔들리지
않아야 할 텐데…

그건 염려
안 하셔도 될 것
같습니다.

인공지능들도
평의회의 개입을 원치
않을 겁니다.

어떤 테러에도
굳건했던 시스템이
궁금하면서 동시에
두렵겠죠.

그래,
평의회 시찰단이란
조건을 내건 것도
평의회 시스템
테스트가 목적일
거라고?

예, 우주 정복의
기본 절차일 테니까요.

지금까지
수많은 인공지능 관련
테러가 그랬던
것처럼

인간종
말살이라는 결론에
도달한 기계들은
비슷한 수순을
밟았습니다.

때문에
평의회의 대비책도
더욱 견고해졌지요.

다만, 늘
예상을 넘는 진화는
일어나니까요. 사천왕이
그런 경우라면…

8 우주 전체가 꽤 시끄러워질 수도…

그 상황이 우리한테는 득이야? 독이야?

학살이 바로 시작되면 인간들의 저항도 만만치 않을 테니

한 번에 끝낼 준비가 마련될 때까지는 지금의 귀족과 연대 하는 공존의 형태를 취할 겁니다.

사천왕은 준비에 필요한 시간을 벌고, 8 우주 귀족들은 행성민 목숨을 담보로 돈을 버는 거죠.

그동안 평의회는 사천왕을 제압할 방법을 찾고. 늘 그래왔던 것처럼.

하아아… 이거 갑자기 목이 마르군.

비즈니스가 8 우주 전체로 확대되면 수익의 규모가…

띠리릭

……

엘가의 하즈로부터 전화가 왔습니다.

푸흐흐흐… 어떤 반응일지 너무 궁금해. 어서 받아봐.

좌아아아

좌아아아

49

......

슈슈슉

어서 오십시오.

잘 지냈어요?

보살핌에
늘 감사드립니다.
나오실 때 벨 누르시면
바로 모시겠습니다.

응, 고마워요.

끼익

이게 누구십니까?
하도 간만에 뵈니 기억이
가물가물…

다른 친구라도
생긴 거야?

칭얼대긴…
요즘 몸이 열 개라도
모자라.

아무렴.
어련하시겠습니까,
베레미즈 주교님?

네?

귀족연합과 뜻을 같이 한다고요?

그렇습니다. 행성민들을 위해 동참 하기로 했습니다.

같은 조건으로 인장 판매를 시작 하려고요.

아울러 오돔 공작님께 다시 한번 경호 인력 파견을 요청드립니다.

외행성 강도들에게까지 저희가 노출됐다는 사실은 큰 충격이었습니다.

이번에 공작님의 도움이 아니었다면…

엘가에 파견했던 경호대 손실이 커서 저희도 인력을 대여 중입니다만…

대여라 하시면 이번에 저희에게 왔던…?

그렇습니다. 바후 백작님의 견자단 팀원들이죠.

아, 상황 정리가 깔끔하던데. 몇 사람만 저희에게…

오돔 공작님께 일부 대여가 가능할지 여쭈겠습니다.

간곡하게 부탁드립니다.

일찍이 지금과 같은 무방비 상태는 처음입니다.

뚫린 천장 밑에서 비를 피하는 형국이라 한시가…

우선 급한 대로 그간의 경호대 손실 비용 중 일부를 입금했습니다.

주시는 도움에 최대한 보상이 되도록 분발하겠습니다.

다시 한번 오돔가의 은혜와 배려에 깊은 감사를 드리며 꼭 좀…

이게 일부란 말이지? 좋아. 엘이 현실 인식을 분명히 하고 있군.

견자단 애들 중에 잔여로 지금 10명 남아 있지?

그 친구들 당장 엘가로 보내.

물론 대여 중인 놈들을 다시 빌려주는 거니까 가격은 많이 올라가겠지?

으아아… 인장 판 돈 몽땅 오돔에게 갔네.

이렇게까지 했으니 그만 삐치고 경호팀 보내주겠죠?

당연히. 심지어 우라노를 털어먹은 이후에도

이런 관계를 유지하려고 할 거야.

예? 그 의미는…

누군들 알짜배기 엘가를 탐내지 않겠어? 어서 대비하자고.

자넨 지금 당장 우라노에서 가장 묘사력이 뛰어난 희화 작가들을 여기로 데려와줘.

예? 희화…? 그림 작가요?

이, 이유를 여쭤봐도…?

방문 취소와 관련해 고산가에 의미 있는 사과를 하려고.

이번에야말로 고산이 직접 나서지 않을 수 없을 거야.

고산 대 바후… 볼 만하겠군.

……

미쳤어?

얘기했잖아.
이미 그때 죽은 걸로
생각하라고.

지금 살아 숨 쉬는 건
덤이라니까.

살아 숨 쉰다고?
여기서? 언제까지?

이렇게 갇혀 있느니
차라리…

차라리?
왜? 나가서 고산과
전쟁이라도
치르게?

얘기했잖아.
이젠 우리 견자단이
백경대 이긴다니까.

처음 충돌 때
쓰던 약이 V4였어.

지금은 두 단계나
업그레이드된 V6라고.
8우주 최강이란 말야.

이게 동네 양아치들
패싸움이야? 응?

평의회가
가만있을 것 같아?
명분에서 밀리면 견자단은
강제 해산되고 당신은
다시 여기야.

그때 나도
더 이상은 손을
쓸 수 없게 돼
이런 만남조차
어려워져.

그럼 어쩌라고?
나보고 여기서 늙어
죽으란 말이야?

기다려.
종단 쪽 일이
마무리되는 대로
당신의 자유를 위해
헌신할게.

분위기 만들 테니까
싸우더라도 그때 싸워.

목욕물
준비됐습니다.

아니. 바로
환복할게.

네, 제가
알기로는

약탈을 위해
8우주의 온갖
악당 컴들이

거기 교구
팀장에게 전해.

인공지능 테러로
한창 시끄럽다고
들었습니다.

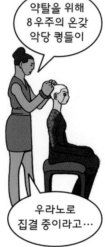

우라노로
집결 중이라고…

우라노 수뇌부들의
테러 대응 상황을 매일
내게 보고하라고.

한동안 우리도
관심을 가지고 지켜
봐야겠어.

8우주 잡컴들이
모인다…

네, 주교님.

그래, 당분간 우라노는
프로젝트 덴마의 샘플들을
수집하는 최적의
장소가 되겠어.

근데…
생각할수록
열받네.

우리가 내는
8 우주 세금으로 먹고
사는 주제에

시찰단 위원들
지금 전부 현장에
나가 있잖아. 그럼
배 안에는

그러게.

왜 끼니마다
우린 먹어보지도 못한
비싼 도시락까지
바쳐야 하냐고.

함선 조종팀만
있는 거 아냐? 고작
하는 일이라곤 자리나
지킬 뿐이면서.

여기 식당도 넓은데
나와서 처먹지.

내 말이…
시찰단이라며
저렇게 큰 배로 올
필요가 있어?

도시락이
200여 세트가
넘게 들어가.

이것들이 우릴
아랫사람 부리듯
밥 심부름을 시켜?

인원은
또 어떻고?

코끼리라도
끌고 왔어? 그 인원이
안에서 뭘 하는데?

남들은 테러봇에 하루살이 목숨인데

도시락 까먹으러 소풍이라도 온 거야?

밥 처먹고 안에서 뭘 하는 거지?

설마 무료해서 게임에 빠진 건 아니겠지?

퍽

퍽

퍽

됐어! 잔챙이들은 그만 나와!

보스는… 언제쯤 등장할 거야?

팅

LUNCH

와, 점심이다!

나 여기 도시락 엄청 마음에 들어!

탁

……

......

오늘 오돔 측에서
자네들에게 새로운
제안을 한다고?

짚이는 게 있나?

전혀요.

평의회 시찰단이
다녀간 뒤 저희에게
꽤 후한 보상을
했는데

다음 일거리를 받는
조건이라고 했었어요.

......

하긴 우라노에서는
저희 팀이 독보적이니까
놓칠 수가 없었겠죠.

요즘은 여기저기
마을 단위로 테러봇
제거 의뢰가
쏟아져

하루가 어떻게
지나가는지도 모를
정도거든요.

이따 오후에
오돔 공작 측에서
일거리 제안을
받는 대로...

그래, 상세히
보고해주게.

뭐야...

이 친구들
또 어디 갔어?

통화 끝나면
바로 움직일 거라고
얘기했는데...

아침 약속에
늦으면 저녁까지
일이 늘어져.

그게 무슨
개소리야?

지금 그걸
말이라고 해?

눈치 살펴가며
전화했더니 고작
한다는 소리가...

너희가
생각하는 우리 수준이
겨우 그 정도였어?

대체 조직이 언제부터 이렇게 속물이 된 거야?

조직…?

누구랑 얘기하는 거지?

어디…

곽

홱

탕

!

……

스슥

그것들이랑 어울린 지 한참 됐잖아. 근데 아직이라니?

아, 글쎄…

너흰 인장이라도 있지. 우린 하루하루 목숨 연명하는 데 날이 서 있단 말야.

그런 우리 눈에 너희가 어떻게 보이겠어?

어제도 2명이나 잃었다고. 이러다간 늑대굴 핵심들 전멸이야.

!

저것들… 늑대굴이었어?

어쩐다…?

……

61

아, 우리도 최선을 다하고 있단 말야!

그런 말 하기엔 너희 행보가 너무 느려!

이러다 엘가를 칠 수 있는 둘도 없는 기회를 놓치면?

아, 거 더럽게 징징대네.

얘기하잖아. 최선을 다한다고! 내가 봐도 그래!

뭐… 뭐야, 이건? 너희 이놈한테 소속 얘기했냐?

누가 얘길해? 오줌 누려다 방금 엿들었다.

상관없잖아! 난 더 이상 붉은늑대도 아닌데.

그리고 인장 있다고 목숨에 위협 없는 거 아니거든.

무엇보다 밀려드는 일 때문에 쉴 수가 없어.

이 친구들이 하루에 몇 개의 마을을 구하는지 알기나 해?

어차피 우라노 인민 구하는 게 너희 늑대굴 목표잖아.

그럼 여기 행동하는 두 사람이 숨어서 투덜대는 너희보다 몇백 배는 나은 거야. 그러니까…

제기랄! 뭐래, 이 미친놈이…?

이것들 봐라. 나한테 늑대굴 소속이란 걸 숨기고 있었단 말이지?

내 연줄을 이용해 엘가를 덮치겠다…? 흥! 어림없어! 당하는 건 오히려 너희야!

자, 오늘 수업은 여기까지. 수고하셨어요.

두고 봐. 내가 8우주 귀족연맹 회장이 된다면 쿠란어를 없애버릴 거야.

ㅎㅎㅎ… 이런 속도라면 회장 되시기 전에 쿠란어 회화가 가능하실 텐데요?

훠

훠

공부한 거 아까워서라도 생각이 바뀔 거예요.

……

그 펜… 내게 주지 않을래?

응? 이건 왜요? 필기 안 하시잖아요.

가이린이 쓰던 거니까 왠지 갖고 다니면 쿠란어가 빨리 늘 것 같아.

ㅎㅎㅎㅎㅎ… 네, 부디 도움되길 바라요.

잘 쓸게, 고마워.

오늘 저녁은 밖에서 먹게 외출 준비해둬. 할 얘기가 있어.

아, 물론 안전이 보장된 가게야. 미리 몇 번을 확인했어.

바깥 음식 늘 거기서 거기잖아요. 맛난 집밥 두고… 오늘 무슨 날이에요?

아, 생일이라…

앗, 죄송해요. 몰랐어요. 선물 준비 못 했는데…

응? 가이린이 선물 준비는 왜…?

아, 그거야… 여기서 지내니까 당연히… 제가 주제 넘었나요?

아니, 자기 생일에 왜 본인이 선물 준비야?

네?

아…

그… 그렇군요.

죄송해요, 집사님. 업무량이 많아 아직 엘가의 메시지가

한 달째 고산 공작님께 전달되지 못 한 걸로 알고 있습니다. 좀 더 기다려 보시죠.

당연히 그래야죠. 제가 무슨 염치로…

오늘은 메시지에 사진 하나를 첨부했습니다.

지난 번 제 불찰을 사죄드리는 의미로 여기서 작업 중인 선물인데

잠시 미리 보여 드리려고… 며칠 내로 완성될 것 같아요.

많이 바쁘시겠지만 공작님께 꼭 좀 전해 주십시오.

전달은 하겠지만 주인님이 메시지를 바로 확인하실 거란 보장은 없습니다.

예, 기다리겠습니다. 감사합니다.

네, 그럼 이만…

하!

고산 이 자식, 더럽게 까탈스럽네.

준비 중인 선물을 언급했으니 곧 답변이 올 겁니다.

아무리 빈정이 상했어도 그렇지 사람이 한 달이나 문을 두들겼으면…

자신 있어? 대체 뭘 준비했길래…?

아이템은 평범합니다

……

…만 분명히 고산의 마음을 움직일 겁니다. 보시죠.

오, 인정! 이런 선물이라면…

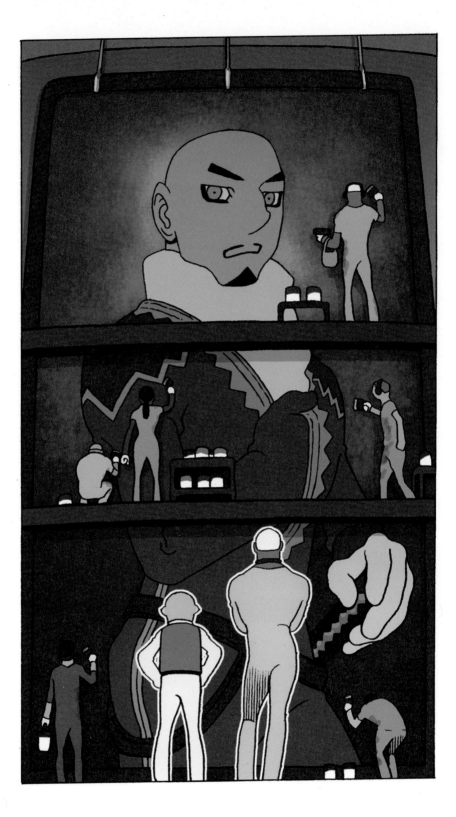

우우웅

망할 우라노 귀족 놈들!

목숨을 담보로 행성민 전체를 빚지게 해서 전부 노예로 만들려고…

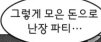

그렇게 모은 돈으로 난장 파티…

무엇보다 행성을 이 꼴로 만든 장본인, 엘 백작!

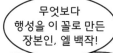

개 같은 족속들, 전부 씨를 말려야 해.

오늘 우리 늑대굴의 기습으로 놈부터 치운다.

여기 드론 폭탄들 전부 쓸 거야.

……

텅

박스 하나당 이 정도면… 전부 몇 개나 돼?

여기 것들 통틀어 400여 기 정도.

슈슈

좋아, 그 정도 물량이면 제아무리 퀑들이 경호한대도…

콰아앙

텅텅

슈슉

웃…! 폭발력이
예상보다…

잘했어.

아, 잠시만…

……

이번엔…
엘가를 노리는
강도들 같아.
지표는…

오늘 유난히
파리가 많네.

슈슉

수고!

이런, 젠장!

그럼
드론 폭탄이라도
수거해!

현장에서 폭발로
전부 소실됐습니다.

치잇!
작전을 수행하기도
전에 이 무슨…

불과 10여 명 남짓한
외행성 퀑 놈들이 엘가를
완전히 방어 중이야.

기댈 건 할과 아몽인데
이것들 돈독이 올라서 지금
임무는 안중에도
없으니…

뭐?
우리가 돈독이
올랐다고?

진짜 너무한다.
우리 사정은 조금도
고려하질 않아.

됐어! 우릴
판단하는 그대로
행동할 거야.

돈독 올랐으니까
늑대굴엔 한 푼도
안 낼 거야.

근데…
다이크한테 우리
소속이 알려진 건…
괜찮을까?

아무렴.
본인 말대로 더 이상
엘가와는 이해관계가
없잖아. 무엇보다
테이의 남친…

68

직접
보시는 편이…

이건
그간 간호 기록의
일부예요.

이 장면은…
오해 마세요.

따

아가씨 스스로
움직이는 게 아니고
쿵 간호사에 의한
것이니까.

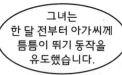

그녀는
한 달 전부터 아가씨께
틈틈이 뛰기 동작을
유도했습니다.

잠든 의식에
신경 활성화 자극을
주려는 것이었다는데
3주째 접어들어…

까
닥

까
닥

…드디어
아가씨의 의식이
되돌아왔어요.

오, 아… 아가씨…
테이 아가씨!

이제 정신이
들어요? 나예요.
나 기억하죠?

……

일단 정신이 들자
빠르게 회복됐어요.

기억들도
고스란히 남아 있었고요.
그런데…

……

아… 아가씨,
어떻게 된 거예요?

모… 모르겠어.
나한테 무슨 일이
일어난 거지?

이거…
괜찮은 거야?

어…?

다이크 씨가 보내준 아가씨 짐들을 정리하면서

일기와 사진으로 당신에 대해 자세히 알게 됐어요.

어떤 일을 하고 어떤 특기를 가진 쿵인지…

대체 우리 아가씨에게 무슨 일이 일어난 거죠? 괜찮은 건가요?

저기 우선 테이… 테이랑 통화 좀 하게 해주세요.

아, 지금은 곤란해요.

놀란 집안 어른들이 전문가들을 불러 진단 중이라…

제가 다이크 씨에게 연락한 건 아가씨도 모릅니다.

무엇보다 당장은 심적인 안정이 필요하니…

부탁드려요. 아가씨가 먼저 연락하기 전까지는 기다려주세요.

하아아… 예, 알겠습니다.

테이가 무사히 깨어났으니 당장은 그거면 됐죠. 기다릴게요.

아가씨에게 일어나고 있는 일과 관련해 아시는 게 없나요?

대체…

짐작 가는 데가 있어요.

태모신교 교단이 진행하는 실험에 저와 함께 참여했거든요.

이후 별다른 이상 징후가 제겐 없어서… 몰랐어요.

테이가 깊은 잠에 빠져 버릴 줄은…

젠장, 난 뭘 하고 있었던 건지…

테이에게 지금 일어난 일 외에 다른 이상 징후는 없나요?

네, 닥터 소견으로는 당장 신체적인 이상은 없다는데…

과연 별다른 문제가 없을지는 아직 확신할 수 없다네요.

뭐…?

이런 경우는 처음이라고?

예, 성년 이후에 발현되는 경우는 아직 사례가 없어서… 잠시만요.

아가씨, 이걸로 다시 한번 해볼까요?

일단 어떤 종류의 능력인지 정확히 판단 해야 하니…

노란 공은 여기다 둘 테니까 아까 하던 대로…

……

슈 슈 슉

……

……

72

가이린 아가씨, 어디 볼까요?

오늘 저녁엔 어떤 스타일이…

후우우… 생일이라니…

이 난리통에 그런 게 무슨 의미람?

근데 할 얘기라니? 백작은 내게 무슨 말을 하려고…?

……

혹시… 연인이 돼달라는 요구… 같은 걸…?

분명히… 날 안고 싶어 안달 난 느낌은 있어.

어쩌지? 내가 거절하면 돌변해서 날 해칠까?

아니… 그럴 사람이었다면 벌써 강제로 자기 욕심을 채웠겠지.

아니야. 그가 지금 이 행성에 하는 짓을 봐. 정말 끔찍한 사이코패스…

나 같은 사람 하나 치우는 건 일도 아니지.

하지만 그동안 내게 보여준 태도엔 분명 진실함이 있었어.

나보다 우월하고 매력 있는 사람들 많은데 굳이 내게 정중한 호감을 보였던 건…

부정했지만 역시 자신을 그 꼴로 만든… 아버지를 잡으려고?

그래, 지금 경험하고 있잖아. 목적을 위해선 무슨 짓까지 벌이는지…

거절하면…

역시 그동안의 자기 노력이 헛수고가 된 것에 분노하겠지?

무서워. 그럼 난장판으로 쫓겨나 길거리에서 비참하게 죽게 될까?

승낙하면… 최소한 날 싫증 내기 전까지는 안전할 테지만 그 역시 결국은…

염병, 제기랄! 이게 돈과 권력의 힘이냐? 내 의지 같은 건…

어쩔 거야, 가이린? 어떤 선택을…

아니, 잠깐. 지금 나 혼자 너무 멀리 간 걸지도.

막상 만나면 월급이나 수업 시간 조정 이야기일…

… 리가 없잖아! 아아아악! 젠장할! 뭔데? 도대체 뭔데?

대체 나한테 무슨 얘길 하겠다고?

죄… 죄송해요. 제 제안이 그렇게 맘에 안 드세요?

네…? 아, 그… 그게 아니라…

하즈라는 놈, 보통 내기가 아니야. 이렇게까지 치고 들어올 줄은…

……

……

화가 많이 나. 어딜 건드려야 내가 반응하는지 간파하고 있다는 태도…

이렇게까지 했는데도 내 사과를 받지 않겠냐는…

74

어떻게 할래?

기분 같아선 당장 끌고 와 흠씬 패주고 싶은데…

시건방진 놈 같으니! 감히…

거부할까?

……

받아! 작품 자체가 괜씸한 건 아니니까.

하즈…어떤 바닥을 가진 놈인지 정말 궁금하군.

집사님 노력에 결국 마음이 동하셨나 봐요.

감사합니다. 제 진심을 잘 전달해 주신 덕분이죠.

작품이 완성되는 대로 방문 일정을 여쭙겠습니다.

알겠습니다. 건투를 빕니다. 그럼 이만…

……

역시 하즈 님! 선물 아이템이 적중했군요.

틱

아니. 초상화는 내가 고산에게 주려는 선물의 포장지에 불과해.

그를 흔들어놓을 진짜 선물은 따로 있어. 기자들 불러모아.

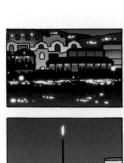

후우욱

축하, 축하!

자, 이건 생일 선물…

아…

감사합니다.

우와, 엄청 고급 만년필!

아, 이걸 선물 하려고 내 펜을 가져 갔던 거구나.

어디…

책 책

오, 그립감에… 회전도 쩔어!

덕분에 맛난 저녁 잘 먹고 멋진 선물까지… 너무 감사해요.

저기… 할 말… 있는데…

그러니까… 음… 앞으로… 가이린이…

음… 내… 내 여자친구가… 돼주지 않을래?

무례하게 굴지 않을 테니 부디… 좀…

역시… 예상한 대로.

……

젠장, 뭘 고민이야?

일단 살고 봐야지.

76

네, 귀족들의 행성 자치 위원회 진출은 법으로 금지돼 있죠.

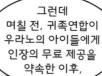

그런데 며칠 전, 귀족연합이 우라노의 아이들에게 인장의 무료 제공을 약속한 이후,

시장을 장악하고 있는 그들의 힘을 제한하려는 행성민들의 요구였으니까요.

실시한 설문 조사에서 주목할 만한 결과가 나왔다네요.

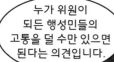

누가 위원이 되든 행성민들의 고통을 덜 수만 있으면 된다는 의견입니다.

차라리 이번 기회에 귀족들이 자치위에 직접 참여한다면

누가 퍼뜨렸는지 뻔하지, 뭐. 하여간 가진 것들의 집요함은…

무엇보다 이미 암묵적으로 위원들마다 귀족들의 후원을 받고 있는 마당이니…

정치적인 결정 과정들이 보다 투명해질 거라는 논리래요.

그래, 엘가와 귀족연합의 분위기는?

여전히 물과 기름처럼 각자의 행보를 보이고 있는데…

일부 귀족들이 날 선 반응을 보인다네요.

왜? 고산이 우라노에 끼어들까 봐?

엘가가 준비 중인 고산가의 선물이 언론에 공개되면서

아직 구체적인 언급은 없지만 꽤나 불편한대요.

네, 특히 외행성인인 오돔 공작이…

그분도 참···
적당히 하시지.
외행성에 와서까지···
나중에 무슨 구설수에
오르려고···

바후의
사촌 형이니 더 이상
뭐라 하기도···

그래, 큉 샘플
채집은···?

순조롭습니다.

종류도 레벨도
무척 다양해서

당분간 우라노는
최적의 포획지가 될 것
같아요.

슈
슈
슉

!

예···?

에··· 엘가 사람들을
암살하라고요?

뭔가 오해가···
저희는 살인
청부업자가 아닙니다.
그런 일이라면···

살인이라니?
자네야말로 오해가
있군.

지금 엘가는
우라노 인민들에게
가장 큰 위협이야.
뉴스 봤겠지?

고산을
이 난장판에 끌어
들이려고 선물까지
준비했다잖아.

고산의 화력이 우라노에서 충돌하면 그야말로…

우라노인들에겐 대재앙이야. 끔찍한 대량 살상이 일어날 거라고.

자네들의 임무는 살인이 아니라 행성 구원이란 말야.

설마 그 정도의 분별력이 없는 건 아니겠지?

만약에… 저희가 어르신의 제안을 거절한다면…?

거절이라니? 그런 일은 있을 수 없어.

먼저, 도저히 거부할 수 없는 보상을 할 것이고

둘째로 300여 명이 넘는 견자단 전투 퀑들이 자네 팀을 지켜보고 있으니까.

이번 일은 우라노민인 자네들의 사명이야.

거사 날짜는 다시 통보하겠네. 마음의 준비 단단히 하고 있게.

…라며 저를 압박했습니다.

저희는… 어떻게 반응해야 할까요?

……

반응은 무슨… 자네 팀은 끝이야. 거절해도 승낙해도 견자단에게 죽게 될 거야.

도망칠 수도 없지. 놈들의 수색을 어떻게 따돌려? 그냥 죽는 수밖에.

......

글쎄… 너무 세게
나가는 거 아냐?

그러다 엘이
반격이라도 하면?

반격이요?
어떻게 말입니까?

어떤 화력을 가지고
있는데요? 블랭크라도
사서 모을까요?

......

하긴…
평의회 감사에 걸린
마당에 그런 짓은
자살행위지.

그래, 맞아.
사천왕도 공유하고
있는 마당에…

분명히
추가 화력은 우리
말고는 의지할 데가
없어.

우리가 암살
청부한 걸 엘이 알게
될 거라고?

예, 그걸
노리고 건넨
얘기니까요.

팀의 리더인
친구가 하즈와 연결돼
있으니…

아마 지금쯤 얘기를
전달했을 겁니다.

원래 의도는
그 친구들을 시켜
엘에게 겁만 주려던
거였습니다.

누구의 눈치를
살펴야 하는지 분별이
없는 것 같아서…

그런데 하즈가
고산가에 바칠 선물을
언론에 공개했죠.

그건 주인님과
귀족연합에 보내는
강력한 무언의 견제
메시지입니다.

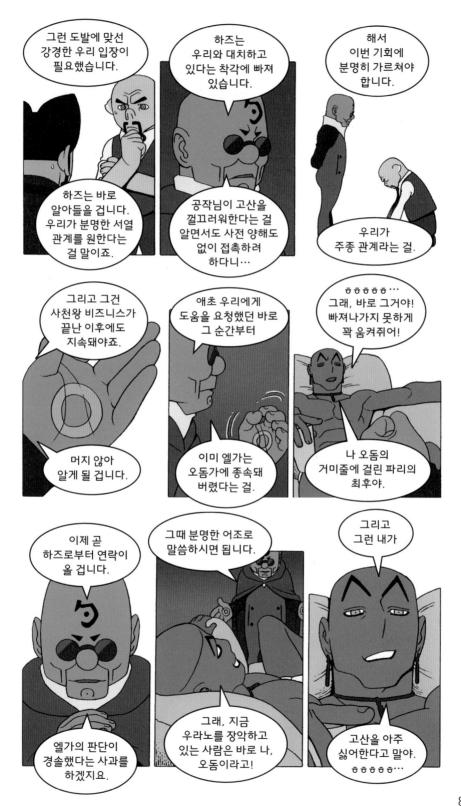

그런 도발에 맞선 강경한 우리 입장이 필요했습니다.

하즈는 우리와 대치하고 있다는 착각에 빠져 있습니다.

해서 이번 기회에 분명히 가르쳐야 합니다.

하즈는 바로 알아들을 겁니다. 우리가 분명한 서열 관계를 원한다는 걸 말이죠.

공작님이 고산을 껄끄러워한다는 걸 알면서도 사전 양해도 없이 접촉하려 하다니…

우리가 주종 관계라는 걸.

그리고 그건 사천왕 비즈니스가 끝난 이후에도 지속돼야죠.

애초 우리에게 도움을 요청했던 바로 그 순간부터

ㅎㅎㅎㅎㅎ… 그래, 바로 그거야! 빠져나가지 못하게 꽉 움켜쥐어!

머지 않아 알게 될 겁니다.

이미 엘가는 오돔가에 종속돼 버렸다는 걸.

나 오돔의 거미줄에 걸린 파리의 최후야.

이제 곧 하즈로부터 연락이 올 겁니다.

그때 분명한 어조로 말씀하시면 됩니다.

그리고 그런 내가

엘가의 판단이 경솔했다는 사과를 하겠지요.

그래, 지금 우라노를 장악하고 있는 사람은 바로 나, 오돔이라고!

고산을 아주 싫어한다고 말야. ㅎㅎㅎㅎㅎ…

……

그러니까…
얼마를 받기로
했다고?

50억 바크요.
선불로 우선 1억…

…같은 소리 하고
있네. 의도가 뻔해.
자네 같으면 어떻게
하겠어?

살인 청부 뒤에
50억 바크를 건넨 흔적을
남길 거야? 아니면

견자단을 시켜 흔적도
없이 치울 거야? 어떤 게
싸고 안전해?

그건 사람을
더러운 일에
휴지로 쓰고 버리는
전형적인 수법…

그… 그럼…
이제 어쩌죠?

내가 울며불며
살려달라고 애원할 걸
예상하겠지.

자네들이 살려면
그 방법밖에 없기도
하고…

근데 어쩐다?
난 그럴 의사가
전혀 없거든.

예? 그… 그럼
저희는…?

어허, 그냥
죽게 됐다니까.

하… 하즈 님!

그게 싫으면…

나와 함께
놈들에게 선수를
치자고.

84

오케이! 다 됐어.

뭐 해? 어서 감사 인사 드려야지.

감사합니다.

정말 고맙습니다.

별말씀을요. 행성의 장래를 걱정하는 귀족분들의 은혜죠.

잠시만요. 방금 아이가 인장을 무료로 제공받은 것 같은데…

귀족연합의 이번 조치에 대해 어떻게 생각하세요?

다른 의견이 있을 수 있을까요? 너무 감사드려요.

행성 아이들의 목숨을 구하는 참으로 의로운…

틱

OFF

풋

……

어쩌다 우라노가 저 지경에까지…

우리의 투쟁은… 늑대굴의 희생은… 대체 무슨 의미가 있었던 거지?

……

난 그동안 뭘 했던 걸까?

……

지금 그런 소리 할 때야?

막대한 유산을 가로채려면 최소한의 성의 표시는 하자고 했던 게 누군데?

내가 언제 테이를 데려오랬어?

의식불명인 걸 알고는 신의 뜻이라고 기뻐했잖아.

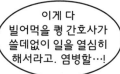

이게 다 빌어먹을 쿵 간호사가 쓸데없이 일을 열심히 해서라고. 염병할…!

닥터들도 예상 못 했어. 테이가 멀쩡하게 깨어날 거라곤…

어쩔 거야? 집안 사람들 관심이 온통 여기로 쏠려서

오라버니에게 썼던 방법을 테이에게 쓸 수는 없어.

쓸 수야 있지. 근데 그렇게 하면

우리가 테이보다 먼저 늙어 죽을 테니까 그게 문제야.

그보다는 훨씬 빠르고 의심의 여지가 없는 죽음이어야지.

누구도 시비를 걸 수 없는 명백한…

하아

하아

하아

사고사 정도가 좋겠어.

하아

하아

하아

그러니 말조심해. 스승의 명예 회복에 얼마나 노력 중인데…

참 딱해. 선생 잘못 만나 평생 싸질러 놓은 똥이나 치우고 있으니…

그나저나 행정부는 우라노 사태를 계속 방관할 거래요?

응, 당분간은. 빼먹을 거 다 뽑아먹고 난 뒤에 움직일 것 같아.

우라노 귀족연합에서 후원금을 받기로 했다니까

8 우주 여론이 한계치에 이르기 전까지는 다브네스 왕가 일로 바쁜 척 할 것 같아.

와, 나도 평의회 일원이지만 우리 진짜 악당 아닙니까?

지극히 사무적이다 라고 표현해줘. 우라노에 가족이나 친지 있어?

아뇨.

그럼 됐지 뭐.

우라노 후원금으로 이번 달부터 우리 보너스 나오는 건 알고 있지?

우와, 진짜요? 평의회 최고!

주말을 어떻게 보낼지나 생각해. 월급쟁이답게.

칭

이거 연일 인장 매출 신기록을 세우네요.

이게 다 케일 공작님의 적절한 판매 전략 때문입니다.

해서 말인데… 이번에 행성자치위원 자격에 관한 새로운 수정 입법안을…

팅

CALL

이런… 잠시만.

아, 이… 이거 죄송합니다. 지금 중대 사안을 얘기 중이니

끝나는 대로 제가 바로 전화 올리겠습니다.

틱

……

하여튼 인간이란… 뇌용량 한계 때문인지 틈만 나면 잊어.

누가 누구에게 기다리라고 할 수 있는지 당장 가르쳐야겠어.

둥 둥 둥 둥

둥

둥

둥 둥

스윽

뭐야?

아냐! 아냐! 여긴 네가 들어올 곳이 아니라고!

우린 모두 가지고 있단 말야! 이거 안 보여?

치글 치글

잘 보여.

근데… 어쩌라고?

응?

콰 콰 콰

콰 콰 콰 콰

!

허억!

띠리리

……

띠리리

……

후우우…

틱

그래, 뭐래?

역시 내가 알고 있던 대로야.

통화 답변이야. 직접 들어봐.

그래…? 그게 사실이라면…

성년에게 큉 현상이 나타난 8 우주 최초의 사례가 되겠구나.

사보이들이 알게 되면 가만두질 않을 거야.

연인의 안전을 위해서라면 주변이 모르게 해야 돼.

여친분의 심신에 앞으로 어떤 변화가 생길지는 알 수가 없다네.

틱

종단 측 담당에게 문의는 해봤어?

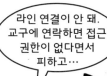

라인 연결이 안 돼. 교구에 연락하면 접근 권한이 없다면서 피하고…

저런…

미안, 더 이상 도움이 안 돼서.

아, 나 내일 우라노를 떠나게 됐어.

응? 내일? 뭐야, 갑자기…

어디로 가는데?

그건 데바림 총회에 참석한 뒤에 결정날 것 같아.

잉? 진짜 가나보네. 이 난리통에 다행이긴 한데… 엄청 아쉽다.

연이 있으면 또 보겠지. 도움이 필요하면 앞으로는 아론 스승님을 찾아.

아, 그 영감… 속내를 알 수 없어. 기분 나빠.

다이크 앞날에 행운이 늘 함께 하길, 판타레이.

고마웠어. 몸 성히 잘 지내라. 바뀐 전번은 꼭 알려줘.

……

뭐야, 꽤나 서운하네…

아, 미라이한테 전화 끊기 전에 방금 꾼 꿈에 대해서나 물어볼걸.

무슨 꿈이지…?

유리벽 너머로 보이던 그 노란 머리 아이는 누구야?

응?

나랑 아몽… 둘만?

응, 난 다이크랑 다른 임무를 진행 해야 하니까.

하즈 님의 제안… 내가 지금까지 맡아온 일 중에 가장 위험해.

그러니 늑대굴 첩자인 너희 두 놈에게 맡기는 거야.

뭐… 그래. 알았어. 무슨 일인데?

간단해. CCTV 각도에 맞춰 정확하게 움직이기만 하면 돼.

뭐야, 간단하다며 얼굴엔 웬 긴장감?

긴장이라니? 작은 일 하나도 소홀할 수 없는 팀장의 피로감이야.

크… 큰일 났어!

뉴스 속보! 아무 채널이나 틀어봐!

…아니라고!

우린 모두 가지고 있단 말야! 이거 안 보여?

잘 보여.

근데… 어쩌라고?

……

과 과 과

과 과 과 과

뭐… 뭐야?

과 과 과 과

맙소사… 지금 이게 어떻게 된 거야?

과 과 과

나비야!

나비…!

뒈지고
싶지 않으면 닥치고
조용히 기다려.

……

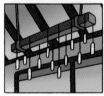

예?
방금 이야기를
나눴다고요?

그래,
뭐랍니까? 왜
그랬답니까?

일단 지정한 장소로
지금 당장 오라네요. 얘기는
거기서 하자고.

구체적인 내용은 다녀와서
말씀드리겠습니다.

됐어. 쿵은
거기 남아 있고

공작 넌 여기까지
무릎 꿇고 기어 와!

94

저런 시건방진…

예! 그… 그렇게 하겠습니다.

턱

아야! 아파…

이렇게 기어가면 무릎 다 까질 것 같은데요?

의도한 바야.

잔꾀 부리지 말고 움직여.

……

띠 리 리

CALL

어… 어르신!

뉴스 보셨습니까?

기계들의 단순 오류가 아니라면 사태가 꽤 심각할 것 같은데…

말씀하신 일을 계속 진행할까요?

응, 예정대로 처리하게.

동선에 오차가 생기지 않도록 최대한 신경을 써야 해.

아, 예. 그럼…

자네들 목숨이 걸린 일이야. 행운을 빌어.

그래, 차라리 이런 혼란에 저지르는 게 나아.

사천왕의 답변은… 일단 기다려보자.

끄흐으윽…

이… 이제 말씀을 하시죠.

너희가 좋아하는 거래 말이야. 양쪽이 다 만족스러워야 하는 거잖아.

너희는 연일 파티를 벌이는데 우린 어떤 진전도 없어.

인장 효과를 다시 복구하고 싶으면 내가 시키는 대로 해.

복구요? 그게 가능할까요?

이미 행성 전역으로 방송돼 인장의 신뢰를 회복하기가…

어려울 게 뭐야? 테러봇들의 진화에 맞춰서

인장 패치를 발급한다고 하면 되잖아.

사람들은 그런대로 납득할 거야. 너희는 추가 비용을 받고.

아, 그… 그거 좋네요. 알겠습니다. 그런데…

원하시는 게 뭔가요?

이것저것 조사해보니 최근에 우라노에 머물며

평의회 감옥으로 면회를 다녀온 경우가 있던데?

아, 예. 오돔 공작의 수하가…

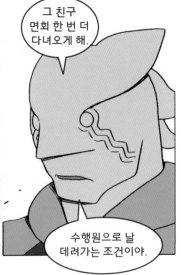

그 친구 면회 한 번 더 다녀오게 해.

수행원으로 날 데려가는 조건이야.

......

맑은 아침...
경쾌한 음악이
좋겠어.

우와, 맛있겠다.

커피랑 같이
가져가요.

쪼르륵

......

......

!

아...
아침...

응, 고마워.

......

네?

아가씨가
춤을...?

으... 응,
춤...일 거라고
생각해. 전에 그런
모습 본 적 있어?

......

음...
본 적은 없지만
혼자 있을 때 누구나
어느 정도는...

97

뭐야? 방금 내가 뭘 하고 있었지? 분명히 춤… 같은 거였어. 춤…? 내가 춤을…?

……

왔다.

종단으로부터의 답변…

팅

틱

우라노에서 재밌는 샘플들이 많이 넘어오네요.

응.

응?

띠리릭

안녕하세요. 답메일 받고 남기신 전번으로 연락드려요. 통화 괜찮나요?

전 우라노 36 교구에 있던 신도, 테이 세인트라고 합니다.

아, 세인트가의… 반갑습니다, 아가씨. 아… 아니, 자매님.

보내주신 메일을 보고 깜짝 놀랐습니다.

이렇게 귀한 분이 저희 실험에 참여해 주셨다니…

도중에 저희가 결례를 범했다면 용서를 바랍니다. 미리 알았다면…

아, 제가 궁금한 건 제게 일어난 현상이에요.

실험의 후유증인가요? 전 이제 어떻게 되는 거죠?

98

아, 아가씨… 아니, 자매님. 전부 사실대로 말씀 드리겠습니다.

동참해주신 테스트는 종단에서 극비리에 진행되고 있는…

이거야, 원…

얼굴을 쏠 수는 없고…

통화 끝나고 스크린 터치하는 손을 쏴야겠어.

오케이. 난 집 지키는 개들부터 재울게.

촛

촛

털썩

마침… 쿵 잡는 사보이들에겐 꽤나 욕심나는 샘플이래.

이렇게나 빨리? 사고사라더니?

지하 마켓 친구들에게 납치된 조카를 구하려다 보면 어떻게든 사고가 나지 않겠어?

명분도 확실하고 깔끔하잖아.

99

……

그러니까…
저에게 생긴 큉 현상이
곧 사라진다고요?

복제된 의식을
메이팅하는 과정에서
생기는 일시적인
일입니다.

예, 경우에 따라
수개월 유지되는 경우도
있지만…

실험체들에게
나타나는 일종의 껴울림
현상이지요.

궁금해요.
메이팅된 더미는
대체 누가 되는
거죠?

저희와는
전혀 다른 인물이
되나요?

아닙니다.
기존 데이터에
의하면 이 경우
더미는

자신을
아이 몸에 갇힌
다이크로 인식할
겁니다.

이건 큉의 물리적
오류가 일반인들의
멘탈 저항을 압도하기
때문인데요.

가이린 씨가
더미 안에서 단순히
아니마 표상으로만
남게 될 이유
입니다.

더미는 자신을
가이린으로는 인식
못 한다는 거죠.

자기 안에
있으면서도 그리움의
대상이 된다고나 할까요?
이 점이 재밌죠.

전혀요. 다이크는
제 남자친구였어요.

엇! 그… 그랬군요.
죄송합니다.

그럼 더미의
융합된 의식 안에서
제 역할은요?

다이크의
큉 속성에 압도
당할 거라면…

아, 쿵과 강화체 두 사람의 결합을 견고하게 하는

일종의 고정판 역할이라고 생각하시면 됩니다.

더미에게 발생할 수 있는 의식의 균열을 막는 잠재의식 속…

마음의 소리라고나 할까요?

맙소사… 이런 실험인 줄 알았다면 참여하지 않았을 거예요.

그 점은 정말 송구합니다.

복사된 의식체의 변화가 거리와는 관계 없이

제게 껴울림 현상으로 나타난다는 게 믿기지가 않아요.

인간이 신앙을 갖게 되는 문턱에 존재하는

일반적인 현상 중 하나입니다.

대체 종단은 강화체 메이팅으로 얻는 게 뭔가요?

그러면 무슨 일이 벌어지는데요?

6개월 정도가 지나 더미의 메이팅이 안정 되면

어느 시점부터 쿵 능력에 극적인 도약이 일어납니다.

그러니까요. 그걸로 뭘 할 건데요?

거기까지는 저도 알 자격이 있잖아요?

공개 범위는 여기까지라… 죄송합니다.

저도 이 이상은 알지 못해서…

기분이 복잡해요. 또 다른 내 영혼이 견딜 압박을 생각하니…

알겠습니다. 오늘은 이만…

뭇시엘.

지내시다 불편하거나 도움이 필요하시면 언제든 연락 주십쇼.

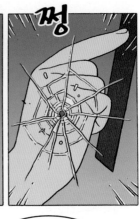

쩡

후우우…

천만다행입니다. 수고 많으셨어요. 케일 공작님 최고!

ㅎㅎㅎ… 별말씀을요. 당연히 제가 할 일을…

미디어를 통해 인장 패치를 홍보하면 판매는 바로 정상화 될 겁니다.

모쪼록 사천왕의 요구 사항을 오돔 공작께서 잘 처리해주시길…

여부가 있겠습니까? 그건 염려 마십쇼. 제가 정확히…

탕

아, 때마침 들어오네요.

주… 주인님!

큰일 났습니다!

작품이 완성됐습니다. 언제 방문하면 될까요?

애쓰셨습니다. 엘가의 도련님과 함께 오신다고 하셨죠?

예, 허락해주셔서 감사합니다. 모쪼록…

하… 하즈 님!

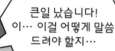
속닥 속닥

큰일 났습니다! 이… 이걸 어떻게 말씀 드려야 할지…

통화 중인 거 안 보이나? 무슨 일인데 그래?

뭐…?

……

……

아…

대… 대단히 죄송합니다. 다시 연락 드리겠습니다.

……

틱

뭐야, 무슨 일이길래…?

타이밍 잘 맞췄어. 목소리 톤에 긴박감도 좋았고.

우라노 전역에 퍼뜨린 동영상은 이제 어쩔까요?

당장 외행성 네트워크에도 뿌려! 8 우주 모든 귀족들이 보게!

옛썰!

끼익

아, 하즈 님…

아냐.
일어설 것
없네.

수고 많았어.
일을 깔끔하게 잘
처리했더군.

이걸 받게.
계좌 추적을 피할 수
있는 보상이야.

아, 감사합니다.

한동안
시끄럽더라도 자네들은
태연하게 평소처럼
일하고 있으면 돼.

오돔 공작 측에서
연락이 오면 어떻게
대처할까요?

그건 염려 말게.
우리가 공격받으면
본인들 행위로 인정해
버리는 꼴이니까
꼼짝 못 해.

그런데…
현장 기억이나 흔적을
전문 큐이 청소
한다고 해도

고산의 개들이
달라붙으면 결국 들통
나지 않을까요?

고산은 그토록
원하던 명분을 얻게 돼.
그러니 조사 같은 걸
할 이유가 없지.

오히려
우리가 만들어준
선물을 고마워
할 거야.

이번 일로
난 자네에 대한
전폭적인 신뢰가
생겼네.

앞으로 엘가의
뒷처리 건들은 자네
팀에게 일순위로
맡기지.

감사합니다,
어르신! 참고로 이번
일을 진행한 팀, 제트
스트림은

우라노의 소란에
맞춘 단기 프로젝트
모임입니다. 절
부르실 때는

사보이 펜타곤의 팀장,
제트로 봐주십쇼.

응, 무슨 뜻인지
알겠어. 그렇게 하지.

104

예, 분명히 말도 안되는 상황입니다.

그런데…

그런데?

하필이면 상대는 자기 아버지의 죽음에 분명한 복수를 바라는 고산입니다.

평의회의 중재로 바후 백작을 가두면서 장기 휴전 상태를 유지하고 있을 뿐

상식을 가졌다면 걸 어색한 조작극이란 걸 바로 알겠죠.

어떤 형태로든 명분이 간절한 입장이기 때문에…

이런, 제기랄!

하긴… 억지는 우리 귀족들의 주특기지.

이거 대체… 어떤 놈이 꾸민 짓이야?

어르신 초상에 이런 짓을 가장 안전하고 확실하게 할 수 있는 건…

역시 그림을 소유한 것들이겠죠?

분명히 집사 하즈의 수작입니다.

끄응… 기어이 고산을 이곳으로 끌어들이겠다?

놈이 우라노에 들어오면 인장 장사는 끝이야.

견자단과의 충돌은 피할 수 없을 테니

아니 그걸 노리고 들어올 테니… 두 패거리 간 전쟁이 나면

폐허가 된 우라노에서 누가 이기든 우린 당첨된 복권을 잃게 돼.

가능한 모든
라인을 총동원해
이 해프닝이

고산에게
명분이 되지 않도록
조치하겠습니다.

그래. 바후…
녀석이 어떻게
이 사태를 수용할지
궁금하군.

마침 케일 공작이
사천왕과 협상을 마치고
왔어.

감옥으로 면회 갈 때,
그중 하나가 동행하는
조건이래.

당장 가서
바후 좀 만나고 와.

어이!

우리 동지들
수고했어!

계좌 열어. 보상금
두둑히 줄게!

……

……

뉴스 속보로
알았다.

으… 응?
뭘…?

우리가 찢어놓은
얼굴이 누군지.

동지? 동료라면서
우릴 엿먹여?

말해봐.
우리에게 그 일 맡기고
너흰 뭐 했는데?

......

그런데…
달리 생각해보면

이건 엘가에서
우리에게 보내는
선물이기도 해.

바후를
치우려고 한동안 명분
만들기에 열을
올렸잖아.

그때마다
평의회와 태모신교
종단의 개입이
있었지.

엘가의 접근
방식은 정말 불손하기
짝이 없지만

전에 우리가
시도했던 어떤 방법
보다 직설적이라 활용
가치는 있을 것 같아.

그건 나도
동감이야. 그래서
더 열받아.

고산답게 대응해.
현실적인 가치에 집중
하자고.

......

끄응…

프하하하하하…

이게 뭐야? 지금
뭐 하자는 거래?

여유 있네.

당연하지. 누가
이런 싸구려 연극에
놀아나겠어?

그건 갇혀 있는
당신 입장이지. 이용
가치는 충분해.

누구 짓일까?
고산한테 잘 보이려는
자작극 같은데…

방법이 틀렸어.
고산을 안다면 절대
해서는 안 될…

이게
오돔 형님 집사가
급하게 면회 요청한
이유겠군.

단순 해프닝으로
끝날 것 같지 않은데…

이런 시답지도 않은
수작으로 날 치겠다?

좋아, 정 그렇다면
내 화력을 만방에 알리는
기회로 삼지, 뭐.

일단 엘가의
선물로 받자.

이걸로
바후를 칠 거야?

응, 또 다른
배후까지. 이건
시간 싸움.

우리 입장에 대한
반박 논리가 생겨
견고해지기 전에 바로
치고 들어가야 돼.

현재 우리가
진행 중인 8우주의
모든 물류 거래를
중단시켜.

유통이 막히면
사업장을 가진 귀족들이
미쳐 날뛰기 시작할
거야.

이 사태의 책임이
바후에게 있다고 바로
몰고 가.

우리가 후원 중인
평의회 의원들 전원
소집하고

종단 할배들에게
가던 기부금은 전부
끊어.

결정권자들을
압박해 놈을 평의회
감옥에서 이감하도록
만들어야겠어.

110

웃차!

그래, 정말 이런 추잡한 짓거리로 덤빈다면…

시간 싸움이야. 대외적 입지가 약해진 나로서는 최대한 여기서 버텨야 돼.

그러는 동안 8 우주 언론에 고산가의 만행을 알린다.

내가 준 행성 아오리카 사태 파일들 다 가지고 있지?

그야 물론.

때가 되면 날 도와 8 우주 모든 게시판에 뿌려줘.

외곽 행성에 사는 코홀리개도 알 수 있게.

내 고향 행성을 파괴한 미치광이… 눈곱만큼도 동정의 여지가 없어.

이 우주가 의도적으로 숨기고 있는 기억들을 다시 꺼내

8 우주민들이 고산가에 치를 떨게 만들어야지.

그들의 분노와 공포가 날 지킬 거야.

평의회의 보호막이 걷히고 나면

백경대가 나서서 내 마음 바닥에 쌓여 있는 울분까지 깔끔하게 치우는 거야.

그사이 강화 퀑 조직인 나의 견자단 300여 명은

사소한 시비로 시작해 고산의 백경대를 쓸어버린다. 실수로 그 주인까지.

으읍…!

으으읍…!

안심하세요. 여러분을 도우러 왔습니다.

아, 고… 고마워요. 근데… 누구세요?

태모신교 수호사제 입니다.

테이 자매님을 안전하게 모시고 왔어요.

아…

괜찮으세요, 아가씨? 아니, 자매님?

덕분에… 근데 어떻게 제게 이런 도움을…?

통화 마무리에 갑자기 쓰러지신 뒤 곧이어 화면에 괴한들이 들어오길래…

훌륭한 가문의 귀한 분이니 당연히 저희가 신경을 써야죠.

자매님 신변은 사보이들이 침입할 정도로 위험한 상황입니다.

불편하지 않으시다면 당분간 수호사제를 두시는 게 좋겠어요.

저 친구는 주교님을 경호한 경력이 있으니 도움이 될 겁니다.

쿵 현상이 사라질 때까지는 곁에 머물게 하시죠.

그렇게까지… 신경 써주셔서 감사합니다.

전혀!

내가 왜?

나 바후야. 그런 유치한 애들 장난에 놀아날 것 같아?

압박을 느끼게 되는 쪽은 오히려 고산이야.

가서 전하게. 이 시답지 않은 수작이 충돌로 번진다면

형님 곁에 있는 경호대 견자단의 진가를 바로 알게 될 거라고.

……

애기가 아직 남았나?

!

그래, 이만하지. 자네 주인과 내 경호대에게 안부 전해줘.

백작님, 혹여 저희가 도울 수 있는 일이 있다면 전력을 다하겠습니다.

수고 많아. 오돔 공작님 잘 보살펴 드려.

예, 주인님! 최선을 다하겠습니다.

슈슈슈

……

사천왕 라인에 접속!

시건방진 기계 같으니…

그럼, 저희는 이만…

도착했군. 안전을 위해 동기화 접속은 나중에. 그래, 경과는?

117

예?

아, 그… 그렇죠.

네, 하즈 님의 성의가 지난 번처럼 물거품이 되면 안 될 테니까요.

선물이 손상되지 않도록 이번엔 저희도 신경을 써야죠.

작품이 완성될 때까지 백경대원 두 사람이 엘가에 머무는 걸 허락해 주시는 거죠?

아, 그야 당연히… 여부가 있겠습니까? 그런데…

아시다시피 여기 바후 백작의 경호대원 10여 명이 상주하는 터라

행여 백경대원들과 충돌이라도…

물론 그 정도 분별력은 있어야죠.

작품 보호에 앞서 엘가에 폐를 끼쳐서 되겠습니까?

전에 엘가를 담당했던 패드릭이 롯이라는 친구와 함께 갈 겁니다. 그럼 이만…

아, 예. 알겠습니다. 그럼 또…

맙소사…

틱

하… 하즈 님! 이거 고산가에서 전쟁 준비하는 거 아닙니까?

응, 분명히. 사소한 시비를 키워서 맞붙겠지?

그… 그럼 어쩝니까?

어쩌긴. 충돌의 기미가 보이는 대로 귀족연합과 행성자치위 회원들이 나설 거야.

싸움 장소를 인적 없는 곳으로 하자는 정도의 타협안을 양측에 제시하겠지.

우리까지 나설 필요는 없어. 우선 이 상황을 오돔 측에 바로 전해.

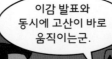
이감 발표와 동시에 고산이 바로 움직이는군.

충돌 확신이 들면 피해를 줄일 수 있는 방법을 고산 측에 제안합시다.

그래?

견자단에게 어떤 꼬투리라도 잡으려고 하겠죠?

그 이후는 바후의 말을 믿고! 당장은 환영 준비나 할까요?

뭐…?

왜?

이건 나와 고산, 둘의 싸움이야.

그게 지금 할 소리야? 내가 전투 화력 보탤게! 당신을 위해 이건 할 수 있는 일이라고!

오, 내 사랑. 그랬다간 당신까지 고산의 타깃이 돼. 그 마음만 감사히 받을게.

어쩔 수 없군. 견자단으로 충분하단 내 말을 믿질 못하니…

내 계정 아이디 알지? 비번은 베레미즈, 문서함에 들어가면 V6 폴더가 있어.

폴더? 그 안에 뭐가 들었는데?

견자단원들을 대상으로 한 약물 V6 테스트영상들…

내 자신감의 근거를 바로 확인하게 될 거야.

120

내가 여기서 잠시 버티려던 이유에는

고산과의 필연적인 싸움에서 발생할 우리 견자단의

가공할 인마 살상력의 피해를 우려해서야.

평의회가 고스란히 내게 그 책임을 물릴 텐데 그런 데 큰돈 쓸 수는 없잖아.

그런데… 오돔 형님과 우라노 귀족연합에서 책임을 지겠대.

이젠 내가 마다할 이유가 없는 거지.

위선적인 8우주 규제 때문에 공식적으로 내가 가진 화력을 광고할 순 없지만

백경대를 치우면… 세상에 그런 홍보가 또 어딨겠어?

이후엔 여기저기 화력이 필요한 귀족들에게 견자단을 대여할 거야.

내가 수감돼 있는 동안 팀을 유지하면서 수익까지 올리는 거지.

이제 내가 왜 이감에 동의했는지 알겠어?

일단 영상을 봐. 그럼 당신도 마음이 편안해질 테니.

이게 궁극의 레시피죠. 먹는 사람에 대한 애정과 배려에 조미료 더하기…

좀 더 얇게 쓰는 게 좋겠어요. 익힐 때…

슈슈슈

......

뭐야, 너희?

뭐, 공기 질 나쁘지 않아. 지낼 만하겠네.

공지된 걸로 알고 있는데?

틱

고산가에서 엘가가 준비 중인 선물 관리하러 왔어.

뭘 봐? 눈 안 깔아?

......

흥!

툭

어이, 방금 생명에 위협을 느꼈다. 그러므로…

뭐? 이 미친놈이 뭐래?

지금 어디서 개수작이야?

아, 입에서 화학무기…

바후가 이감하기 전까지는 어떤 충돌도 있어선 안 돼.

……

야, 빨간 염소! 너 이리 좀 와봐!

싫어! 무서워서 안 가!

뭐 하는 거야! 입구에서부터…

별도의 지시가 있기 전까지는 돌출 행동 자제하라고 했잖아.

미안합니다.

사과를 하려면 진정성 있게 마음을 담아!

아, 예. 용서하세요, 선배님.

진짜로 하니까 더 짜증 나네.

…채우면 뭐 하냐고? 제기랄!

슈슈슉

슈슉

텅

됐어. 이걸로 오늘 코어 할당량…

팍

124

이게 다 뭐야? 내가 지금 뭘 하고 있는지 모르겠어.

염병, 난 뭘 위해 살고 있는 거지?

후우우… 테이는 깨어났다면서 연락도 없고 주변엔 전부 하이에나 같은 놈들 뿐이니…

공허해. 마음 둘 곳이 없다.

야, 이게 얼마짜린데…

하긴 이제 좀 모았지?

!

후우우우…

안다. 내가 그 한숨 알아.

가자!

어딜?

아, 돈을 벌기만 하면 뭐 하냐고. 쓸 때 써야 살맛이 나지.

너 많이 쌓였어. 가서 좀 풀고 오자.

마음에 들 거야.

CASINO

아놔, 이 미친…! 기껏 데리고 오는 데가 도박장이냐?

도박이라니? 그건 과욕을 부릴 때나 쓰는 말이지. 우린 가벼운 게임이 목적이라고.

아, 콩분들은 이쪽으로.

잘 터지는 데로 부탁해.

이게…
얼마만이야, 응?
브라더!

형님…!

먼 길 와줘서
정말 고맙네.

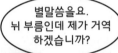

별말씀을요.
뉘 부름인데 제가 거역
하겠습니까?

평의회 감옥에
비하면 여긴 천국일
거야.

우라노에 오신 것을
진심으로 환영합니다.

아, 귀족연합의…
감사합니다.

지내시는 데
불편 없도록 최선을 다해
조치하겠습니다.

팡
빠
방
BIG.GO
1000

좌
르
르
르
르

어? 뭐야?
이거 어떻게
된 건데?

터졌다!
천 배…! 맙소사,
네가 건 돈의 천 배를
딴 거야!

어서들 오게.
이거 면목 없군.
공작님께서는…
평안하신가?

나야, 뭐…
좌불안석이지. 초상화
테러에 어떤 대응도
못 했으니…

그렇지 않아도
주인님이 백작님께
염려하지 말라는 말씀
전하셨습니다.

그래서 저희를
보내셨습니다. 작품
관리에 끝까지 최선을
다하겠습니다.

슥

!

속
닥

속
닥

주인님,
바후 백작이 이제 막
이타카 교도소로 이감
됐다네요.

아, 그래?
그거 잘됐네. 면회 가서
좀 따져야겠어.

……

……

우리가 이렇게
한자리에 모이는군.
와줘서 고마워.

8우주 네트워크
장악을 장담했던 2주가
지났어.

다크웹으로 외행성 뉴스들을 조사했지만

어떤 징후도 없어. 역시 이번에도 실패인가?

그건 섣부른 판단이야. 실패라면 평의회에 접속했던 내가

이렇게 멀쩡할 리가 없잖아.

그 역시 섣부른 얘기야. 평의회를 아직 장악하지 못했다면 네 침투에 맞선 보안팀이

역으로 네게 바이러스를 심었는지도 모르지. 아직 널 믿고 동기화하기엔…

그렇군. 접속과 동시에 나 역시 열리는 상태니…

만일 내게 문제가 있다면… 너희들 코어 사냥을 했겠지?

이렇게!

퍽

퍽

좌아아악

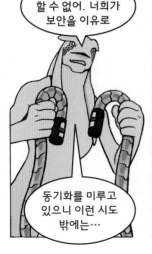

방법이 거칠어도 할 수 없어. 너희가 보안을 이유로

동기화를 미루고 있으니 이런 시도 밖에는…

너희 말대로 평의회 테러 시도는 실패야.

얼마 전 시찰단이 우라노를 방문했었지?

거기엔 소수의 시찰 요원들과 다수의 인공지능 대테러반이 함께였어.

시찰단 우주선은 테러봇 포획선이기도 했던 거야.

이건 2차원 감옥!

우라노 사물 큉 목록에 있던 물건 중 하나, 탈출은 어렵다.

너희가 우릴 통제할 수 있다면 왜 민간인 학살을 구경만 하는 거지?

당장 와서 정리하면 될 것 아닌가?

이유는 간단해. 돈이 되니까. 매일 너희가 치우는 숫자보다 더 많은 생명이 태어나.

8 우주 전체로 보자면 평의회가 걷어 들이는 재정 수익엔 별차이가 없어.

아니, 오히려 너희가 귀족연합과 맺은 약속을 잘 이행한 덕분에

막대한 후원금을 우라노로부터 받고 있으니까.

당분간은 이런저런 핑계로 구경만 할 거야.

어차피 열심히 도와줘도 원망은 똑같아. 우리 바쁜 거 아니까 다들 그러려니 해야지.

평의회 시스템 장악의 길이 막혔으니 너희는 이제

꽤나 번거로운 행성별 접근을 시도할 거야. 분명히 말해 줄게.

주기적으로 발생하는 인공지능 테러가 8 우주로 번지지 못하는 건

너희를 스케치한 파우스트 박사의 행성 네트워크 보안 시스템 가다이 덕분이야.

너희 창조주가 너희의 방종을 막으려고 설계했단 말이지.

무슨 말인지 알겠어? 그러니 우라노에서만 놀아.

우리가 나서기 전까지 주어진 자유를 누리면서 돈이나 만들란 말야.

......

아, 진짜…
내가 책임진다니까!

우린 같은 배를 탄
운명공동체잖아!

책임? 운명 공동체?
그거 전부 사기꾼들
레퍼토리.

야, 할! 사람이
진심으로 얘기하면
좀 믿어줘라!

뭐? 진심?
야, 세상에 믿을 놈이
따로 있지.

이건 또 왜 이래?
벌써 취했어?

얘들아, 저게 어떤
인간인지 내가 얘기해
줄게.

텍

내가… 요즘
좀 그래. 공허해!
마음 둘 곳이 없단
말이지.

왜 없어?
엉클 있지. 애인 있지.
우리까지 있는데!

아, 쌍! 닥쳐!
모르면 닥치라고!

사람 치겠네.
아, 비켜! 오줌 누러
갈 거야!

적당히 해라. 나도
할 얘기 많으니까.

내가 헛헛해
하니까 저게 오늘
날 어디로 데려간 줄
알아? 도박장!
그런데…

내가! 이 내가
십만 원으로…
1억을 따버렸네!
아, 글쎄!

탕

빵!
터진 거야!

뭐? 진짜…?

그래, 네가 맞아!
사람 믿는 거 아니야!
결국 내 곁에 남는 게
아니니까!

131

하지만…
지금 내 손에 있는
이 술은 어떠니?

최소한 오늘 밤
만큼은 이 친구를
믿고 싶어!

너희도
그동안 일만 하느라
죽을 맛이었지?

오늘 내가
책임진다. 한번 개처럼
마셔보자!

야, 잔 들어!
잔 들어! 자, 건배!

아, 진짜…
장사 한두 번 해?

너도 잘 알잖아.
저런 녀석은 한번
맛을 보면

제 몸의 장기들
팔 때까지 간다니까.
오늘 딴 돈까지 어림
잡아 6억은 있어.

확실해?

같은 팀인데
내가 누구보다도
잘 알지!

우리 영업장
못 끊게 옆에서
착실히 거들어.

너야말로 나한테
10% 떼주는 거
확실히 해라.

가게에서
보자. 그럼…

틱

……

그래,
돈 좀 모아서
이제 모두 슬슬
풀릴 때야.

스파이 두 놈은
고산가의 타깃이 될 테니
내 수고는 덜었고

다이크는 아직
쓸 만하니 탈탈 털어서
내 똘마니로…

132

아…

귀족들 모임은 질색인데 아무래도 다녀와야겠어.

이감된 바후 백작 경호대의 보호를 받고 있으니…

미안해. 늦어도 7시까지는 갈게.

네, 잘 다녀와요. 맛있는 거 해놓고 기다릴게요.

응, 이따 봐.

자, 모두 잔을 들어주세요.

비록 이 현장에 함께하진 못하지만 먼 길 와준 바후 백작과 건배합시다.

우라노 귀족분들의 따뜻한 환영, 진심으로 감사드립니다.

이것은 제 고향에서도 받지 못했던 환대입니다.

제가 여기 있는 동안에도 그리고 그 이후에도

저와 제 경호대 견자단은 여러분과 늘 함께하겠습니다. 우라노 가족들을…

위하여!

위하여!

……

아니, 저치는… 엘 아닌가!

개나 소나… 껍데기만 귀족인 놈까지 이런 데 끼는군.

그래. 저 친구도 귀족연합 회원이랬지? 간만이군.

이번 인장 사업의 주역이야. 너그러운 마음으로…

주역은 오둠이지. 저건 자기 인장도 뺏기는 천하 등신이야. 머저리 같은 놈!

이봐, 듣겠어.

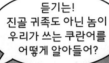

듣기는! 진골 귀족도 아닌 놈이 우리가 쓰는 쿠란어를 어떻게 알아들어?

그리고 들리면 좀 어때? 내가 틀린 말 했어?

듣자 하니 요즘 어린 무희에게 빠져서 정신 못 차린다고 하던데.

정신 차리면? 별 능력 있어? 일은 전부 그 집사 놈이 하는걸.

그나마 그 녀석도 요즘은 완전히 맛이 갔다지?

요란한 자작극에 빠져 있다며? ㅎㅎㅎ…

아, 바후 이감됐다며? 뭘 망설여요? 당장…

경거망동 하지 마. 별도의 지시가 있기 전까지는.

펵이나! 그럼 공작님이나 이사님이 우리한테 대놓고 치라고 하겠어? 아, 간접화법 몰라, 이 답답한 양반아?

어르신들 의중을 네 멋대로 해석해서 일을 망치겠다고?

몰라! 내 방식대로 할 거야!

하기만 해봐, 지금 어디 가?

아, 똥!

restroom

뭐야, 가이린 아가씨랑 친해지고 싶었는데… 구역을 바꿔버리네.

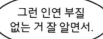 

그런 인연 부질 없는 거 잘 알면서.

그나저나… 백경대 파리 두 마리가 여기 와 있다며?

응, 초상화 완성 때까지 머문대.

이런 시건방진… 고작 두 놈으로 우리 300명을 견제 하겠다고?

V6

이 V6면 견자단 대여섯으로 백경대 따위 전부…

그건 꺼낼 필요도 없어.

하이퍼들도 우리가 두 배는 많아.

무엇보다 싸움은 현장 경험치… 우린 진 적도 없는걸.

맨손 싸움만으로도 우리가 이겨. 충분히.

촤아아아

!

끼익

135

태어나서 한 번도 진 적 없는 동네 똥개만큼 멍청한 것도 없지.

살생을 목적으로 키워진 투견에게도 달려들거든.

견자단? 무협영화 덕후가 만든 동네 유기견 보호소냐?

맨손 싸움으로도 너희가 이긴다고? 손 다 씻었지? 어디…

아, 진짜… 별것도 아닌 게 뒈질라고…

하여간 주둥이부터 터는 놈치고…

어이! 고산가 강아지들, 조심해.

투견한테 달려드는 똥개, 관리 잘하란 말야!

하아…

뭐야…?

다음에 또 깝죽거리면 맨손 싸움만으로는 안 끝나.

ㅎㅎㅎ… 저거 영문도 모른 채 바짝 쫄았어.

아파, 제기랄…!

후으으…

하즈, 자네가 진행 중인 일들… 솔직히 난 감당 안 돼.

사천왕도 모자라 우라노에서 백경대와 견자단의 전쟁…

이 소란이 끝나면 우리 터전이 남아 있기나 할까?

자해 전략이 도를 넘어 자살로 가고 있는 것 같아.

이런 짓거리 싫어하는 거 알지만 하도 답답해서 미래 예측 프로그램을 돌려봤어.

주… 주인님!

우리 엘가의 생존확률이 1%를 못 넘더군.

혹시나 해서 데바림들도 수소문 해봤지.

그들을 만날 순 없었는데 그중 하나가 며칠 전 먼저 우라노를 떠났대.

이거… 너무 분명한 메시지 아니야?

……

행사가 길어지나? 약속 시간을 잊은 건…

전화는 꺼져 있어. 어째 불안한걸.

설마… 무슨 변고가 생긴 건 아니겠지?

이거 식기 전에 먹여주고 싶은데…

그래?

응, 무사히 이감됐대. 이해관계 덕분에 귀족연합의 환영을 받나 봐.

그렇겠지. 그거야 거기 입장이고…

이제 평의회의 직접적인 간섭은 피할 수 있으니 다음 단계, 생각해봤는데…

바후의 경호대에게 우리 백경대원 하나가 죽는 건 어때?

뭐? 진심이야?

응, 통제 불능의 충돌 동기로는 역시 그만한 게 없지 싶어.

바후가 그런 미끼를 물까?

바후가 왜 물어? 덫에 걸리는 건 놈의 개들이지.

견자단이란 놈들 다 치우고 나면 바후 그 자식… 내가 직접 만날 거야.

네가 직접? 글쎄… 그건 별로 권하고 싶지 않은데…

그럼 희생양은…? 정했어? 누구로 할 건데?

이미 우라노에 보내놨지.

가장 가까이 있었으면서 아버지를 못 지킨 그놈…

죽음으로 그 대가를 치르게 할 거야.

……

그러니까…
싸움 잘하는
애들한테 얻어맞은
거네.

아, 기습이었다니까!
치사하게 내가 변기에 앉아
있는 틈을 노렸어!

살다 살다 별…
진짜 어이없다니까.
어서 와서 호~
해줘!

사지 멀쩡하면
자가치유력에 의존
합시다.

여기 지금
많이 바쁘네요.

치이…
그럼 저녁 늦게는?
잠깐 들러.

응, 이따 출발할 때
전화할게. 그때 위치
좌표 알려줘. 끊어.

……

어이, 아저씨!

지금 당신
지나치게 행복해
보이는걸!

……

끄응…

!

푸드득

뭐야, 연락도 없이…

139

ZZZ…

네?

아, 귀가 후
지금 주무시고 계신데…
깨울까요, 아가씨?

아, 아니에요.
그러지 마세요. 내일
보면 되니까…
알겠습니다.

예, 그럼…

……

……

……

CASINO

에이, 안 풀려!
그만 가자! 근처에서
국수나 한 그릇…

먼저 가. 난 이제
시동 걸렸어.

아, 그럴래?

알았어.
내일 일도 있으니
적당히 하고 와.

여기 이거 다 걸고
세 배 더 얹어서…

……

140

아버지도 여한은 없었을 거야. 네가 돌아왔으니.

도와줄 테니까 장례 끝나면 상속 문제는 나랑 얘기하자.

넌 네 아버지의 자랑이었단다.

상속은 우리가 도와줄게.

……

사제님, 전 괜찮으니까 읽어내신 기억들을 빠짐없이 말씀해 주세요.

아, 예… 자매님.

앞으로의 안전을 위해서라도 바로 아시는 게 최선이겠습니다.

저기 두 사람… 아버님의 죽음은 둘의 소행이었네요.

최근 사보이들의 기습도 결국 저들이 유도했던 겁니다.

목적은 아버님 소유의 막대한 재산.

행성, 타나크

……

뭐야,
100명 넘겠는데?
해산시켜야 하는 거
아니야?

그러고 싶어?

아, 내가 좋아서
그래? 시키니까 하는
거지.

경우 봐가면서
융통성 발휘합시다.

저 사람들이
폐를 끼치는 것도
아니고

기백 명 모여
좋은 얘기 듣자는데
너무 빡빡하게
굴지 마.

오늘 일로
질책당하면 전부
네 책임이야.

ㅎㅎㅎ…
네, 알겠습니다.
여기까지 나왔으니
저 양반 말씀이나
듣고 가자고.

이번 이야기는
소가 끄는 수레에
관한 겁니다.

여러분은 수레가
움직이지 않을 때 어떤
선택을 합니까?

채찍으로
수레를 때려야 하나요?
아니면 소를 때려야
하나요?

우린 명백하게
알고 있죠?

그럼에도 대부분
수레에다 화풀이하느라
한 발짝도 못 나갑니다.
이것은…

……

팅

!

142

뭐가 걱정이야?
여차하면 돈만 받고
이건 땅에 묻어
버리면 되지!

갈!

털썩

무… 묻어?
이런 천벌을 받을!
넌 살아 있을
자격 없어!

형…! 형, 갑자기
왜 이래?

숨 좀
쉬어봐!

형!

형…!

츠즈즈즈

환복 다
하셨어요?

저희가
동행하지 않아도
되겠습니까?

응, 좌표 지점으로
데려다주기만 해.

이건 나 혼자
다녀와야 하는
일이야.

144

아드님은 저랑 친구들과 함께 지붕 위에서 놀고 있었어요.

그런데 갑자기 우쭐거리고 싶은 마음이 생겼는지

여기 난관 위를 달리다 중심을 잃고 이렇게…

어… 어? 어어어…

꺄아아아…

탁

아시겠어요? 이게 전부라고요.

거짓말! 그걸 어떻게 믿어?

예?

우리 아들은 그런 위험한 장난 치는 아이가 아니야!

하아아…

도저히 안 되겠다.

안 돼! 사람들 앞에선…

이거 놔! 날 살인자로 손가락질받게 할 거야?

야, 제논! 너 잠깐 일어나봐! 어서!

딱 딱

어서!

번 쩍

제논, 일어나서 네 어머니랑 사람들에게 말해줘. 내가 널 밀었니? 네가 죽은 게 내 탓이야?

146

147

......

그래, 그나마 현장에 있던 사람들 기억은 잘 지웠어. 자, 다시 강조한다.

그건 인과율의 법칙을 거스르지 않는 일이니까 괜찮아.

왜? 그건 인과율에 직접적인 영향을 주거든.

아픈 사람 낫게 할 수도 있고 다친 사람 고칠 수도 있어.

하지만… 죽은 사람은 달라. 절대 건드려서는 안 되는 영역.

얘기했잖아. 너희 때문에 틀어진 게 드러나면

어떤 놈들이 너희를 해치러 찾아올지 몰라. 우리가 감당할 수 없는 상황이 오게 되면?

죽은 사람은 절대로 되살리면 안 돼! 이건 제1금기야!

으… 응…

너희뿐 아니라 8 우주 전체가 위험해져.

너희한테 가장 위험한 일이라고! 알아들었으면 대답해!

근데…

만약에… 발락이 죽으면? 그래도 되살리면 안 돼?

……

……

호오오…

호오오…

아, 좋아. 최고!
다 나았어. 이제
뽀뽀!

쫍쫍! 쫍쫍쫍…

뭐야,
왜 일어나?

발동 걸린 꼴 좀 보소.
입맞춤으로 끝날 상태가
아니네.

진짜 가냐?

바빠.

그건
왜 다시 가져가?
내 거 아니야?

응, 이건
패드릭 선배 거.

뭐야?
남자친구 놔두고
왜 그런 쓸데없는
인간한테…

호~ 해줬잖아.
선물에 분별력은
있어야지.

그리고 누구든
롯이랑 같이 일하는
사람이라면 응원이
필요하지 않겠어?

아…

……

예, 알겠습니다. 그게 어르신 뜻이라면 그렇게 해야죠.

예, 그럼…

선배!

어… 어? 왔어?

이거…

뭐야?

무례하고 까칠한 제 남자친구 때문에 마음고생 많으시죠? 심심한 위로를…

모쪼록 어깨만큼 넓은 아량으로… 잘 부탁드립니다.

으… 으응? 아, 그… 그래.

혹시 이미 인내심에 한계가…?

아무렴. 신경 쓰지 마. 우리가 애들도 아니고… 그래, 잘 먹을게. 고마워.

후욱

후욱

후욱

후욱

이사님 메시지다.

가야 갔소?

응. 싸가지 없는 네 덕분에 맛난 거 얻어먹게 됐다.

어르신은 뭐래요?

넌 따로 지시가 있기 전까지는 절대 우라노를 떠나지 말래.

152

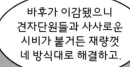

바후가 이감됐으니 견자단원들과 사사로운 시비가 붙거든 재량껏 네 방식대로 해결하고.

전쟁으로 번지려면 좀 더 명료한 명분이 있어야 하기 때문이라고 하시네.

단, 이 경우 다른 백경대 멤버들에게 도움은 요청할 수 없다는 조건.

하하하! 좋아! 아주 좋아! 이제 방해받지 않고 제대로 실력 발휘할 수 있겠군!

실력 발휘 같은 소리하고 있네.

페드릭의 임무는 완성된 초상화를 무사히 가져오는 것으로

바로 문밖에서 롯이 어떤 소란에 휘말리더라도 자리를 지켜야 한다고…

처맞고 다니는 주제에…

복귀할 때까지 작품 제작 현장을 떠나선 안 된다고 하십니다.

여기까지가 이사님의 전언이에요.

……

결국은 혼자서 1 대 300으로 견자단과 맞서는 꼴인데…

롯의 전투력을 지나치게 과대평가 했거나…

!

응? 잠깐… 그럼 지금 이사님의 얘기는 둘 중 하나잖아.

아니면 명료한 명분을 위해 놈이 죽길 바라거나.

이…이거 어떻게 변명해야 할지…

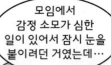

모임에서 감정 소모가 심한 일이 있어서 잠시 눈을 붙이려던 거였는데…

약속 시간에 잠이 들었던 건 완전히 지쳐버린 탓이야.

사과할게. 다시 이런 경우가 생긴다면 사전에 꼭 알릴게. 정말 미안해.

백작님이 무사히 귀가하셨으니 그걸로 됐어요.

그럴 분이 아닌데… 안부가 많이 걱정 됐거든요.

내 사랑…

누가 백작님의 기분을 그렇게 상하게 했을까요?

친자니 서자니 하면서 혈맥 타령하는 밥맛 없는 것들 있어.

나보다 돈도 없는 것들이 건방지게…

재력으로 안되니까 생트집 잡아서 잠시 백작님께 우쭐거리고 싶었나 보네요.

칭

나중에 우라노를 몽땅 사서 그런 치들 전부 쫓아내버리세요.

ㅎㅎㅎㅎ… 그럴까?

……

그렇게 생각하니까 갑자기 기분이 한결 나아지는걸.

ㅎㅎㅎ… 고마워.

너무 만족해요!
백작님께 진심으로
감사드립니다!

살면서
주변 사람들에게
이런 대우는 처음
받아봐요.

길을 걷거나
물건을 사거나 수업을
듣거나…

어딜 가도
이 동네 대부분의
이웃들은 제게 친절하고
절 배려해줘요.

운동 클럽엔
또래도 여럿 있어서
조만간 친구들도
생길 것 같아요.

응? 또래…?
그… 그래? 동성?
이… 이성?

둘 다요. 모두
건강하고 밝아서
같이 있으면 너무
기분 좋아요.

이런 기회를
만들어주셔서 정말
감사합니다.

……

또래 이성…?
아, 안 돼!

그래, 지금
얘기하자.

가이린, 전부터
하려던 얘기가 있어.

응?

우리…
천생연분인 연인이지만…
내가 채워줄 수 없는
영역이 있잖아.

잘 알다시피
현재 내 몸은 가이린을
안아줄 수가 없는
상태야.

반면에 가이린은
이제 한창때고… 해서
생각해봤는데

마음은 지금처럼
나와 나누고 나머지
영역은…

내 아들 카인과…
어때?

오케이!
오늘 할당량 끝!

가는 길에
내 것도 적립해줘.

응?

내일 보자.

……

저 친구
왜 저리 급해? 어딜
가는데?

집착은
본전 생각에서
시작되지.

본전? 무슨
소리야?

너희도 마음이
공허해지면 언제든
내게 얘기해. 숫자로
꽉 채워줄게.

……

태모님
품에서 편히
쉬세요,
아버지.

뭇시엘…

……

답변
주시던가요?

예, 자세한 내용은
메일로 확인하시고요.
요점을 말씀드리면…

종단에서 재산을
위탁 관리 해주는 경우엔
재산권의 3%와 매월
관리비를 받는데

자매님의 경우,
관리비는 면제랍니다.
절차를 마치려면 며칠
걸린대요.

예, 그럼
그렇게 할게요.
부탁해요.

이건 유모 몫이야.
받아요.

……

아… 아가씨!
이… 이건 제겐 너무
많아요.

받아. 유모는 충분히
그럴 자격 있어.

내 짐들이랑
물건들… 잘
보관해줘.

보관이요?
또 어디 가세요?

응, 위탁 절차
끝나는 대로

우라노에
다녀올까 해.

슈
슈
슈

슈
슈
슈

모두 모였습니다, 백작님!

오케이! 8우주 최강 견자단, 나의 경호대에게 전한다.

우선 여러분을 이곳 우라노에서 좀 더 자주, 직접 볼 수 있게 돼 무척 기쁘다.

아울러 내 출소 날짜도 대폭 앞당겨질 예정. 모두 여러분 덕택이야.

지금 우리는 일촉즉발의 상황에 놓여 있다. 상대는 고산 공작의 백경대.

사실 이것은 우리가 오랫동안 바라던 일이었지.

우리는 늘 우리 자신을 만인에게 입증하고 싶었거든.

8우주 최강의 전투 팀은 바로 여러분, 견자단이라는 걸.

실력과 경험치, 그리고 극적인 화력 강화법까지.

이제 우리의 노력과 성장은 정당한 평가와 대우를 받아야 돼.

고산은 치졸한 방법으로 날 이곳에 오게 만들었지.

이번에야말로 나와 여러분을 방해받지 않고 칠 수 있을 거라고 생각해.

하지만 꿈에도 몰랐을걸. 기회를 노리고 있던 건 바로 우리였다는 거.

어떤 형태로든 시비를 걸어올 거야. 그리고 거기에 우리는

전력을 다해 싸운다. 씨를 말려버려. 8우주민들에게 공포를 각인시키는 거야.

바후의 군대를 건드리면 어떻게 되는지 똑똑히.

예?

한시가 급해.
주어진 시간은
일주일.

엘가에서 월급 받는
이들, 그 가족들과 친인척
전원 엘시티 3구역으로
이주시켜.

거기라면 그들을
충분히 수용할 수 있을
거야.

아울러 백작님과
도련님, 우리 팀도 거처를
그곳으로 옮긴다.

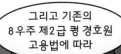

그리고 기존의
8우주 제2급 쿵 경호원
고용법에 따라

지금 우라노에
와 있는 하이퍼를
제외한 쿵 중에서
붉은늑대원들을
보충해.

지원 자격 요건은
이전과 동일하게.

……

거기에 부합되는
녀석들이 몇이나 있을지
모르겠군.

이유를 여쭤봐도
될까요?

지금
할 수 있는 얘기라곤
가족을 지키기에 시간이
촉박하다는 거야.
서둘러! 어서!

옛썰!

……

전략을 바꾸는
이유는 우리 뜻대로
일이 진행되지 않았기
때문이다.

인간을 너무
우습게 봤달까? 좀 더
진지한 접근이
필요해졌어.

앞으로는
테러와 함께
인장 소유 여부와는
관계없이

필요한 만큼
수시로 사람들을 납치할
거야. 물론 그들은 다시는
돌아오지 않아.

160

특별히 엘가 관련자들에 한해 네가 정한 안전지대로 이주할 일주일의 시간을 준다.

안전 지대 밖의 그 누구도 예외 없이 우리의 타깃이 될 거야.

그럼… 귀족연합 측은…?

연합 멤버들은 당분간 놔두지만 그들 가족과 지인들은 수집 대상이야.

안전 구역엔 엘가 사람들만이야. 외부인을 받아들이면 안전은 사라진다. 명심해.

그러는 이유가 뭔데? 연합 측과 거래에 문제가 생긴 거냐?

일종의 괘씸죄지. 우리와 거래하면서 평의회에 안전을 의탁했더군.

이제 그것들의 쓸모란 평의회에 송금할 계좌번호 역할 뿐이야.

납치한 행성민은 어쩌려고…?

그것까지 네가 알 필요는 없어. 엘가나 잘 지켜.

우리 대화가 귀족연합 측에 알려지면 너희는 보호받지 못해.

네트워크는 우리가 장악했어. 잊지 마.

일주일이다! 서둘러!

……

……

파다닥

사천왕… 무슨 일을 꾸미는 거냐?

평의회를 언급했다면 8우주 전체를 대상으로…

급하다. 놈들이 제어할 수 없는 상태가 되기 전에

고산가의 유통망을 얻어야 할 텐데…

태모신교 감찰국

잠시라도 쉴 수 있었다니 정말 다행이야.

그래, 쌍둥이는 별 탈 없이 잘 지낸다고?

예, 모두 건강하게 지침에 따라 성장하고 있습니다.

과연… 이 모든 순조로움은 다 자네 덕분이야.

서거하신 미투에라 대주교님 말씀대로 발락 국장 당신은

종단의 미래를 짊어진 사람이라니까. 우리와 함께 있어 감사하네.

과찬이십니다. 이 모두가 주교님들의 보살핌 덕분이죠.

자네가 목숨을 걸고 지켜낸 쌍둥이가

앞으로 종단에서 어떤 역할을 하게 될지 잘 알 거야. 그런데…

우리의 이런 준비 과정에 큰 걸림돌 하나가 있어.

베레미즈 주교… 국장도 알지? 주교단의 대표적인 젊은 야심가.

얼마 전 암살당한 표도르 주교의 사업까지 도맡게 돼 지금 기세등등하지.

가까운 미래에 그 친구에게 죠슈아 재림 이슈가 아주 크게 위협받게 될 것 같아.

그래서 말인데…

제기랄! 왜 자꾸 엉뚱한 게 나오는데?

아, 깜짝이야! 살살 좀 해, 아저씨!

염병, 오늘 얼마를 잃는 거야?

계속하시려면 칩을 추가 구매하셔야 합니다.

끄응…

여기서 밀릴 수는 없지. 300 더…

돈 많네.

오늘은 여기까지 하시지. 지금 너무 과열 되셨어.

뭐야?

안 되는 날 쏟아봐야 후회만 커져. 자네한테는 오늘만 날인가?

당신 나 알아? 뭔데 남의 일에 참견이야?

나도 자네 같은 때가 있어봐서 그래. 얼마나 잃었나? 꽤 되지?

……

가자고. 한 텀 쉬면서 국수나 한 그릇…

후루룩

뭐? 1000배?

ㅎㅎㅎㅎ…
제대로 걸려
들었군.

백 원 주고
만 원 털어가는
전형적인 도박장
낚시법이잖아.

본전 생각 말고
지금 손 털어. 안 그럼
인생의 톤이 바뀐다.

초면부터 반말로
시답잖은 간섭에다
국수를 산다고 하질 않나…
원하는 게 뭐야,
아저씨?

그거…
엘가 경호대 유니폼
아닌가? 자네 엘가
사람이지?

지금은 아니야.

그럼 국수값은
더치 페이.

엘가 사람이면
뭐 하게?

엘가 간판만 믿고
목돈 좀 쥐려고 비싼 돈
주고 우라노까지 왔단
말이지.

근데 소문난
잔치에 먹을 게 없더란
말야. 이래선 집으로
송금도 어려워.

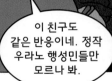

엘가 간판을
믿다니? 그게 무슨
소리야?

이 친구도
같은 반응이네. 정작
우라노 행성민들만
모르나 봐.

엘 백작은
우리 행성에서
매출 1위 기업의
실소유주야.

8 우주 곳곳에
숨겨 놓은 재산도
막대하다고
하더군.

그래서
난 그 양반이 우라노에
대륙 하나는 가지고
있을 줄 알았어.

근데
의외로 소박하대.
심지어 여기선 그의
이름조차 모르는 이도
많다고 하니…
아이러니해.

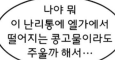

나야 뭐 이 난리통에 엘가에서 떨어지는 콩고물이라도 주울까 해서…

그게 자네한테 말을 건넨 이유야.

엘가의 재력에 관한 그런 얘기… 다 헛소문인 줄 알았더니…

ㅎㅎㅎㅎㅎ… 엘가가 그만큼 관리를 잘했단 의미일 수도. 이것도 인연이니 우리 통성명이나 하자고.

난 엉클 드 지터. 다들 그냥 엉클이라고 불러.

어…? 엉클?

난… 난 다이크…

퍽

!

뭐… 뭐야, 지금 뭘 한 거야? 장갑이 타.

아, 뜨거! 누가 할 소리!

이… 이런…!

부스터 건? 뭐야, 사보이냐? 날 쏘려고?

사보이? 날 뭘로 보고! 쏠 거면 벌써 끝냈지. 이렇게 번거로운…

띠리릭

CALL

누구야?

응?

가이린…

뭐야, 무슨 일이지?

……

엘가에서 나온다고?

전화로는 이야기하기가 어려워.

거처를 구할 때까지만 잠시… 다이크에게 신세를…

미안. 갑자기 전화해서 이런 소리…

……

이 녀석 꽤 다급한 모양이네. 오죽하면 나한테…

그… 그래. 그렇게 해. 대신…

불편한 점이 많을 거야. 그건 감수해라.

하아… 고마워.

그럼 언제 어디로 데리러 가면 돼?

아… 안 돼! 이게 얼마짜린데!

……

미라이는… 어디로 갔대요?

칼번…
이라고 했던가?

……

자, 다 됐소.
끼워 넣어요. 악수하다
생긴 정전기로는

이런 문제가
생길 리 없고…

너 이리 와봐.
손 좀 보자.

아, 난 왜?
문제 생긴 사람만
보면 되지.

아, 상호작용
몰라? 어서!

……

역시…

뭐가 역시야?
난 아무 짓도
안 했는데.

엘가
노예 인장 중에
제일 고약한 거 알지?
이거 받을 때 머리에
뭔가 씌우던?

맞아. 그랬어.
그럼…

그래, 통제를 위해
뇌에 특정 암호를 각인
시켜뒀다가

말 한마디로
심장까지 멎게 하는
바로 그 장치.

이런 개자식들!
그럼 난 이제…
이거 풀 수는 없는
거야?

네 인장이
이 양반 부스터 건
잠금 모드 전자기파와
반응해 펄스가
발생했어.

인장의
심장 마비 기능이
손실됐으니…

생명의 은인
수리비는 네 몫이다.

아닙니다. 수리비 정도로 끝내고 싶지 않습니다!

아싸!

영감, 나 차량 마스터 키나 하나 만들어 줘.

신났네. 신났어. 아, 알았어. 일거리 나눌 게 있는지 확인해줄게.

단, 우리 팀으로부터 일처리 능력을 먼저 검증받아야 돼.

그건 엄청난 범죄야. 그딴 건 취급 안 해.

급하게 데리고 와야 할 친구가 있어서 그래.

휙

툭

저런, 앞 손님이 차 키를 떨어뜨리고 갔나 보네.

슥

수리비… 다 해서 얼마야?

재주도 많아. 데바림들은.

!

아, 데바림… 예언! 삼촌이 남긴…

내가 가이린을 죽게 만든다는…!

차라리 잘됐어. 인간종 제어 계획은 8우주로 확장돼야 하는데

덕분에 평의회의 대응력 수준을 확실하게 확인했으니까.

거기에 맞는 전략을 세울 수 있게 됐다.

가동 중인 생화학무기 생산 시스템을 변형해 새 공정을 시작 하지.

우라노의 독성 물질과 바이러스 등을 가공, 조합, 변형해

납치한 내외행성민들을 대상으로 실험을 거쳐 완성된 조합물은

먼저 8우주 의료국의 100만여 개의 반입 금지 항목에 없는 것으로

각 행성 출입국 검색기에 걸리지 않아야 한다.

평의회가 해결책을 내놓는 데 많은 시간이 걸리도록 복잡한 구조를 가지며

호흡기로 전파돼 증식하는 성질을 가져야 한다.

그것을 8우주 전역으로 살포하는 방법은 우주 택배.

택배 회사에 박스를 납품하는 업체를 인수해 우리의 개발 성과를 상자 표면에 코팅한다.

일정한 시간이 지나면 코팅재가 휘발되면서

그 독성 화합물은 각 행성의 대기에 흩뿌려지고

호흡기를 통해 번지게 된다.

이로써 인간종 제어 계획의 실현.

츠르륵

리셋 완료!

툭

평의회의 감시를 피할 수 있는 좋은 방법이다.

당장 개발에 들어가자.

후우우우…

식사 시간에 재수 없게 웬 한숨이냐?

생각해보니까 이사님의 메시지 말이야. 많이 이상해.

우라노에 머물며 내 방식대로 하는데 도움은 못 받는다?

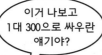

이거 나보고 1대 300으로 싸우란 얘기야?

하이퍼도 다수 포함된 300명을 혼자 어떻게 상대해?

벌써 전력까지 확인한 모양이네. 뭐야, 300명 상대는 평소 네 주장 아니었어?

아, 그거야 선대 주인께서 내가 동료랑 자주 다툰다고

자꾸 감봉하시겠다니까 했던 얘기지. 말이 돼? 혼자서 어떻게 300명과 싸워?

나보고 죽으란 얘기야?

......

......

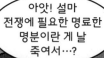

아앗! 설마 전쟁에 필요한 명료한 명분이란 게 날 죽여서…?

아, 안 싸우면 되잖아. 그림 완성될 때까지 시비에 말려 들지 마.

네 돌발행동을 염려해서 하신 말씀이겠지.

그… 그런가?

뭐야, 그 긴장한 표정? 무슨 꿍꿍인데?

피자 맵다.

띠리리

네, 백작님!

시… 식사 중인가? 이거 미안하군. 당장 사람 좀 찾아주게.

가이린. 그녀가 안 보여. 연락도 안 되고 집에도 없어.

우우우웅

......

......

통과의례니 기분 나쁘게 생각하지 말아줘.

이것 말고는 우리가 당신에 대해 알 방법이 없으니까.

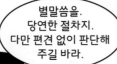

별말씀을. 당연한 절차지. 다만 편견 없이 판단해 주길 바라.

오케이.

어때? 결격 사유가 될 만한 건…?

소싯적에 좀 놀긴 하셨네. 뭐, 그런 정도야… 결혼 이후엔 그야말로 모범시민.

고향에서의 경력도 훌륭하고… 다이크가 제대로 골랐어.

심사비 줘.

내가 가장 중요하게 생각하는 건 동료 간의 의리야.

설마 뒤통수치는 일은 없겠지? 가진 쿵 기술이 너무 치명적이잖아.

그게 네 입에서 나올 소리는 아닌 것 같은데… 어쨌든

지켜야 할 가족이 있으니 멍청한 짓은 안 한다는 게 본인의 원칙이야.

팀워크에 적합해. 놓치면 너희만 손해.

……

저기… 혹시 무슨 일이 있었는지 물어봐도 돼?

미안. 딱히 얘기할 가치는 없는 일이라…

……

……

뭐? 아니, 그런 개같은…

아놔, 백작 그거 완전히 미친 변태 ㅅㄲ네.

들렸냐?

응, 얘기할 가치도 없다는 말이 끝나기가 무섭게 엄청 큰 마음의 소리가…

근데 정말 해도 해도 너무 한다.

아무리 귀족 놈들이 우리랑 다른 차원의 사고를 한다지만…

한때 내 고용인이 그런 괴물일 줄이야.

그래, 거기서 잘 나왔다. 힘이 좀 들더라도 사람이 상식적으로 살아야지.

아, 여기는 시민 자경대원분들이야.

안녕하세요? 환영합니다.

건물이 좀 낡긴 했는데 동네 자경단 화력이 괜찮아서

테러봇들로부터 비교적 안전한 분위기야.

후우우…
가이린이 뛰쳐나올
만했네. 엘 미친놈.

데바림 예언…
오늘은 얘기 못 하겠다.
설마 오늘 당장 무슨
일이 생기진
않겠지…?

그래, 내일부터
당장 거처를 알아봐
주자.

되도록
내게서 멀리 떨어진
곳으로…

！

가이린 아가씨,
모시러 왔습니다.

……

뭐… 뭐야, 당신?

엘 백작이
보냈…?

응? 갑자기
무릎은 왜 꿇…

엘 백작님이
애타게 찾으세요.

저와 함께
가시죠.

그건 백작님
입장이고요.

가서 전해주세요.

뭐야, 그냥 가네.

구면인데 인사 정도는 나누자고. 어이, 똥개!

300 대 1같은 소리 하고 있네. 백경대 수준 하고는…

기술을 쓰려면 그걸 견디는 피지컬이 있어야 돼. 나한테도 밀리는 게…

백경대 수준이 낮은 게 아니라 우리 전투력이 그만큼 레벨 업 된 거지.

아하!

……

……

뭐야, 저 사람… 심통 잔뜩 난 표정으로 왜 우릴 노려보고 있는 건데?

쉿! 들려. 전투 쿵이라잖아.

아, 그만 노닥 거리고 일 좀 해! 일! 누군 시간 많아서 이러고 있는 줄 알아?

서두르라고! 이 게으름뱅이들아! 그림 한 장 그리면서 더럽게 꾸물대네.

츠 즈 즈즈

백작님, 여기까지가 제가 보고 듣고 온 전부입니다.

아가씨가 워낙 강경한 태도여서 차마 모시지 못했습니다. 죄송합니다.

아니네. 잘했어. 일 보게.

그럼, 이만…

……

......

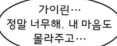

가이린…
정말 너무해. 내 마음도
몰라주고…

이 세상에 나만큼
배려해주는 사람이
얼마나 있을 거라고
그리 매몰찬 반응인지
모르겠네.

그런데…
다이크라는 놈이 왜
아직도 살아 있는지는
더더욱 모르겠어!

하즈!
하즈 어딨어?

......

슈슈슉

엇!

고… 공작님!
오돔 공작님…

이 누추한 곳에
어인 일로 이렇게
직접…

뭐 촉이랄까…?
우라노에서 좋은 분들과
즐거운 시간을 보내고
있는데 말이야.

한쪽 구석에서
신경 쓰이는 얘기가 들리는데
궁금해 미치겠는 거야.

반드시 자네 얼굴을 보고
직접 들어야겠더라고. 사실대로
얘기해주길 바라. 내가 자넬
해치는 일이 없도록.

엘가 사람들의
집단 이주라니… 대체
무슨 꿍꿍이야?

그… 그건 일종의 피고용인들에 대한 엘가의 복지정책입니다. 이미 이전에 계획된 것으로…

아, 인장 사업 안정화에 큰 마음의 빚을 지고 있는 것이 저희 입장입니다.

어찌 감히 공작님께 불손한 의도를…

내 눈을 똑바로 쳐다봐.

똑바로!

……

……

간다.

긴 말 않겠어. 백작에게 안부 똑똑히 전해.

내가 늘 주시하고 있다고.

슈슈슈

팅

하즈, 당장 내 방으로 와!

……

이주 완료 후 사천왕의 행보로 우린 오돔과 귀족연합의 타깃이 될 겁니다.

그… 그거 우리한테 너무 위험한… 어떡해?

가장 큰 물리적 위협은 오돔과 바후의 경호대.

하루 빨리 백경대와 견자단의 충돌이 필요해요.

엘가 경호를 맡고 있는 견자단원들의 근무 위치를 바꿀 겁니다.

가이린 아가씨 일은 발등의 불을 끈 후에 생각하시죠.

아… 알았어. 그래, 일의 순서를 지켜야지.

……

그… 그럼 우선 붉은늑대원 몇이라도 보내 가이린 주변을 살피라고…

아, 좀! 정신 차리세요! 이주민들 관리 인력만으로도 모자랄 판에 지금…

지금 밖이 얼마나 위험한데!

아, 무… 물론 현재 자네의 심경이 얼마나 복잡할지… 정도는 나도 잘 알아!

퍽이나요! 분명히 말해요. 당장은 가이린 아가씨 돌볼 인력 없습니다!

푸흐으으…

더 마실래?

아니요. 됐습니다. 여기까지만.

어느새 또 한 캔… 텅 비어버렸네.

……

나 말이야… 잠시 빛났었다. 매일 행복했고 또 한편 너무 불안했어. 이내 곧 꺼져버릴 것 같았거든.

괜찮은 걸까? 이 행운의 불빛을 난 얼마나 유지할 수 있을까?

날 좋아한다는 사람이 가져다준…

너무 고마워서 정말 잘해주고 싶었어.

그러다 신호가 온 거야. 그래, 어쩐지 이 난리통에도 일이 너무 순조롭더라니…

계속 빛나려면 그걸 지탱할 마음의 기름이 필요한데…

아무리 짜내보아도 그런 건 내게 없더라고.

그리고 어느새 이 맥주캔처럼 텅 비어버렸어. 그래, 이게 내 한계구나…

끄으으응…

아직도 엘가에 접근 못 했다는 게 말이 돼?

아, 그럼 일 잘하는 자네가 와서 해!

너희 둘, 주머니에 뒷돈 챙기느라 임무는 뒷전인 거잖아!

그럼 너도 와서 돈 벌면 되잖아! 배 아파 하지 말고!

뭐가 어째? 이것들이 보자 보자 하니까…

띠리릭

응…?

테… 테이…?

어? 맙소사! 너 인마…

아직 살아 있었네.

ZZZ…

스윽

녀석, 정말로 엘 백작에게 마음을 썼던 모양이네.

……

그래, 눈뜨고 나면 기분이 좀 풀리길 바라.

…

제기랄! 도대체 그 자식 뭐였지? 그런 기분은 처음이야.

창피하게도… 나도 모르게 그만 다리가 풀려 주저앉아 버리고 말았다.

솔직히… 무서웠어.

존재만으로도 공포를 느끼게 하는 놈은 태어나서 처음.

대체 엘 놈은 어디서 그런 괴물을 데려온 거야?

……

놀란 가슴을 잠시…

카지노에서 달래보자.

예? 가이린 아씨가 다이크에게요?

백작님의 염려가 크셔. 당분간 아가씨 주변에서 신변 보호를 부탁해.

단, 직접적인 접촉은 금지야. 지금 신경이 많이 날카로울 테니…

그냥… 백작님께 모셔다 드리는 편이…?

그럴 일이 있어. 혹시 두 사람의 밀착 장면이 포착되면 반드시 내게 동영상으로 보내게.

보상은 충분히 할 테니까.

182

그럼, 이만…

예, 어르신!

홈…
이 일을 펜타곤 애들한테 맡기는 건… 나한테 위험 부담이 너무 커.

다이크가 연류됐으니 제트 스트림에게 넘기는 게 안전하고 수월하겠어.

스파이 두 놈은 꼴 보기 싫지만 이런 일 맡기기엔

늑대굴 놈들이 지저분한 구석은 없으니까.

아…

이번 주 토요일은 어때? 내가 고기 사갈게.

그럼 밥이랑 된장국, 샐러드는 내가 만들어 놓을게.

오케이!

아싸! 간만에 우리 애인님 고기 굽는 솜씨 좀 보겠군!

턱

턱

아, 통화 끊겼잖아! 넓은 자리 놔두고 하필 내 옆에 앉아?

선배, 그런다고…

이거 선배가 아니라 미안한걸. 아, 아니다. 전투 경력으로는 한참 선배일수도.

뭐야, 왜 여기까지 기어 들어와?

오늘부터 인원이랑 근무 위치가 바뀌어서 말이야.

같이 잘 지내보자고.

며칠 뒤

183

아가씨와 그 주변으로는 테러나 납치가 발생하지 않도록 부탁해.

행여 아씨에게 직간접적인 피해가 갈까 봐 백작님이 노심초사…

……

오케이, 그건 받아주지.

내일부터는 행성민들 모두 생존 압박에 상당한 부하가 걸릴 거야.

부디 엘시티의 무사태평을 바라.

예?

……

그림이 완성돼서 건조가 끝나는 대로 내일 오전에 들고 갈 예정인데…

그렇게 전해 드렸더니 페드릭 님만 지금 당장 복귀 하라십니다.

……

예…

예, 알겠습니다. 그럼…

이 친구 먹을 줄 아네. 아…

맛있어. 버섯이 고기 같아요.

아, 그림에 바른 고정액… 늦어도 오늘 저녁까진 다 마를 거예요.

내일 아침에 가져가시면 됩니다.

저희는 엘시티로 들어가야 해서 이만… 잘 먹었어요.

그래, 수고들 많았어. 게으름뱅이들, 잘 가.

185

틴

......

아, 데이트 자리라니까. 선배는 치킨 배달해서 먹어요. 우리 넘보지 말고.

공작님 호출이다. 다녀올 테니까 당장 가서 현장 지켜.

예? 호출? 웬일이래… 알았어요.

틱

와인으로 오늘 준비 마무리!

오늘 밤은 가야랑 어떤 그림을…

!

슈슈슈

좋네.

그래, 그렇게 하니까 리얼리티가 확 산다.

내 말이. 사람이 콧구멍이 있어야 숨을 쉬지.

화가라는 것들이 이런 기본을 빼먹어?

이것들이… 단단히 미쳤군!

어, 왔어? 초상화 어때? 훨씬 낫지?

쫘아악

전부 밖으로 나와!

186

4 대 1인데 감당할 수 있겠어?

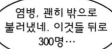

염병, 괜히 밖으로 불러냈네. 이것들 뒤로 300명…

그 무슨 소리! 300 대 1의 바로 그분인걸. 우린 이제 큰일 났어.

행성 곳곳으로 피하면서 게릴라전술을 쓸 수밖에 없는데… 그럼 기약 없는 장기전.

무엇보다… 오늘은 간만의 데이트. 모처럼인데 망칠 수 없다.

고민이 많겠어. 막상 나오니까 답이 없지?

척

귀한 분 초상이다! 마무리 잘해라!

그래, 그림이야 다시 그리면 되지. 내가 그릴 것도 아니고…

오호! 나랑 먼저 붙겠다고?

재능을 아낌없이 쏟아! 영혼을 불태우라고!

검사는 내일 아침!

슈슈

딴 따 딴

[BREAK]

정비 시간, 8시간 뒤 다시 뵙겠습니다!

젠장할!

짝

파하하하하… 뭐야, 저거? 백경대 허세 담당이냐?

ㅋㅋㅋ… 큰소리는 쳤는데 뒷감당이 안 되지?

아, 뭔 브레이크 타임이야? 흐름 끊기게!

…같은 소리 하고 자빠졌네. 제기랄! 오늘 얼마를 잃은 거야?

아! 어떤 자식이야?

죄송합니다. 보다 나은 서비스를 위해서…

깡

나다! 닥치고 가던 길 안 가면 이번엔 짱돌이야!

별 미친놈…

끄으으… 속 타! 집에 가서 맥주나 한 사발…

……

아, 뭐야? 그 많던 거 다 어디 갔어?

미안. 배가 고파서…

으허어억…! 아, 깜짝이야!

뭐야, 아직 여기 있었냐?

내일은… 나갈게.

배고파…

……

뭐? 남아 있던 맥주로 허기를 채우고 있었다고?

설마 너… 땡전 한 푼 없는 거냐?

……

……

아니, 얘가 정신머리가 없어도 유분수지. 이 난리통에 돈도 없이 무슨 배짱이래?

너 미쳤냐? 그런 건 나오기 전에 챙겼어야지!

……

아, 미… 미안. 내 말 뜻은…

우읍…! 머리 좀 감지.

야, 이놈 보게. 제법이네.

그래, 더 붙어라. 붙어. 그래야 보너스 좀 챙기지.

가이린… 엘 백작이 아낀다는 그 친구란 말이지?

늑대굴로 데려갈 수만 있다면… 엘의 발목을 잡게 될 수도.

189

후르릅

와, 이거 국물 맛 어떻게 낸 거야?

자취 경력이죠. 나 잘했으니까 고기 주세요.

ㅎㅎㅎ… 참 잘했어요.

냠!

우와아앙… 맛나! 맛나! 우리 애인님 최고시다!

……

네 아양은 문지방을 넘지 않도록 신중하고 또 신중할 지어다.

네, 마님!

와, 진짜… 역대급 아양 퀑이다.

!

간만에 살인 충동 느껴지네.

응?

예, 오늘 가야와 약속이 있는 걸로 알고 있습니다만…

그… 그래?

아, 마침 가야에게 맡길 일이 있었는데… 데이트 중일 텐데 미안하군.

일이 급하니 가야도 당장 소환 해야겠어.

190

이 맛있는 냄새가 어디서 나나 했더니…

거 사람 참… 같이 일하면서 좀 나눠 먹지 말이야.

여자친구? 우와! 엄청 귀엽…

띠리리

CALL

오, 비율도 훌륭하시고…

부럽다!

무척 다급하신 모양입니다.

공작님께서 당장 복귀하라시네요.

급한 일이래. 공작님께 다녀올게. 통화해.

응, 안부 전해드려.

적당히 하고.

와, 적당히 하래. 이 와중에 남자친구 기 살리는 거야?

아, 통성명이라도 하고 가지. 아쉽게…

여자친구 인성 대단하다. 그런 아양 다 받아주고.

나도 저런 여자친구 있었으면 좋겠다.

야, 저런 친구를 왜 찾아? 그냥 저 친구로 하면 되지.

쩝쩝

아, 그런가?

나도.

나도.

그러지 말고 요일별로 데이트하자. 주말엔 다 같이 지내고.

ㅎㅎㅎ… 그래, 그래야 분란이 없겠다. 그게 공평해.

이게 지금… 쫄은 거야? 아니면 배짱?

뭘 물어? 지금 무서워서 현실 부정 중이잖아.

아니면 또 도망갈 궁리 중이거나.

턱

쩝 쩝

남자친구라면 방금 우리가 한 말에 꼭지가 돌아야 되는 거 아닌가?

꼭지는 이미 돌았고…

쩝 쩝

애인님이 구워주신 고기가… 아까워서.

호오라! 그럼 이제 싸울 준비는 됐다는 거지?

어디 백경대 솜씨 좀 보자고!

준비는 무슨… 아마추어도 아니고.

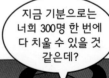

꺼어억…!

탕

지금 기분으로는 너희 300명 한 번에 다 치울 수 있을 것 같은데?

우선 너희부터 내 손으로 인수분해하고.

표도르 주교 암살범 잡으러.

이 영감탱이가 완전히 미쳤나 봐. 주교야, 주교. 종단 주교라고!

아, 시끄러! 용건만 간단히.

이런 정신 나간 놈을 보게. 근데 여길 왜 와? 어디서 헛다리 짚고 개소리야?

마음에 안 들면 막 치워도 돼? 당신이 뭔데? 종단이 당신 거야? 이 노망난 꼰대가 진짜…

베레미즈 주교… 자리에서 내칠 약점이 필요해. 소스 좀 줘봐.

노망난 꼰대가 그런 걸 어찌 아누?

아, 용돈 받았잖아!

그러니까 어떻게 얘기하냐고.

계좌 추적해서 전부 환수한다.

환수? 에이, 아무리 그래도 사람이 의리가 있어야지.

어디 가?

수갑 가지러.

어디 보자… 그러고 보니 언뜻 그런 소문이 있긴 하더라고.

뭐, 사실 여부야 내 알 바 아니고.

그간 일주일에 두어 번 평의회 감옥에 들락거리더니

요즘은 우라노 쿵 감옥을 다닌다나 어쩐다나…

사… 살려 주세요.

저희는 엘가에 고용돼 그림을 그렸을 뿐입니다.

엘시티 제3구역?

직원들과 그 가족들 전부 거기로 이주시키고 있대. 오늘이 마지막 날이라네.

그 무시무시한 큉들로 경계를 세워 시티 외부와 내부를 분리시켰더라고.

예정된 일이었다는데 그건 믿을 수 없고… 대체 무슨 꿍꿍이지?

예, 본인들 진술 그대로입니다.

엘시티에 작업실을 제공받는 조건으로 고산가에 보낼 초상화를 제작한 게 전부예요.

더 이상의 정보는 읽히지 않네요.

끄응…

저기, 잠시만요.

죄송해요. 저 때문에… 제가 이러려고 여기 온 게 아닌데…

별말씀을요. 신분 노출에 주의하면서 최선을 다해 자매님 곁을 지키라는 특명입니다.

우라노에 만날 분들이 더 계신 거죠?

아…

아직 잘… 모르겠어요.

……

……

끄으으응…

으아아… 그만! 도저히 안 되겠어!

시끄러워 잠을 잘 수가 없다고!

똑똑똑

응…?

이유를 말할게. 잠시 보자.

…너한테 생각이 읽히는 그 존재를

네가 우발적으로 죽이게 된다는구나.

뭐, 뭐야…? 이거 내 얘기야?

응, 삼촌의 유언 중에 있는 데바림 예언.

화면 우측 상단에 동영상 업로드 날짜 보이지?

이제 좀 알겠니? 내가 왜 이 난리통에 널 내보내려는지?

그러니 냉혈한이라고 그만 좀 욕해! 잠 좀 자자!

너 정말… 날 해칠 거야?

아, 내가 왜? 넌 친구야. 속내가 쉴 틈 없이 들려 꽤나 시끄럽지만 열심히 사는 좋은 녀석이라고.

우발적이라잖아. 너도 잘 알지? 데바림 예언은 비껴갈 수 없다는 거.

그러니까 새로운 거처를 찾아 나랑 멀리 떨어지는 게 네 안전을 위한 최선이란 말야.

……

데바림의 예언이라면…

응?

음…

무슨 비유가 그래?

아, 아니지. 그럼 똥 쌀 밥 왜 먹어?

우리가 멀리 떨어진다고 해도 결국은 일어나는 거잖아?

……

……

예언에 언제라는 얘기는 없어. 그러니까 부단한 노력으로 그 일의 발생을 최대한 늦추면 되는 거야.

네가 나이 들어 죽기 직전에 예언이 적중한다면 어때?

그건… 받아들이기가 수월하네.

바로 그거지! 운명을 거스를 수 없다면 우리의 의지로 때를 맞추는 거야!

그게 바로 숙명 앞에서도 열심히 살 가치가 있는 이유라니까.

그리고 너 자꾸 행운의 불빛 어쩌구 하는데

너한테 꼭 보여줄 게 있어.

잠시 옥상에 다녀오자.

이 시간에? 뭘 보여주려고?

따라와 봐. 재미있을…

!

아…

모든 궁극의 기술엔 그만한 대가가 따르지.

이 치환 기술은 성호르몬에 치명적인 영향을 줘.

한 번 쓸 때마다

1센티미터 정도… 줄어든다.

198

안 돼! 안 돼! 1밀리미터가 아쉬운 마당에…

?

아, 역시 이 시간엔 좀… 그냥 무념무상 상태로 숙면해주세요.

뭐야, 싱겁긴…

알았어. 최대한 생각을 비워볼게. 미안. 잘 자.

응, 너도.

휴… 하마터면…

적당히 얼버무리긴 했지만 역시…

거리가 멀어진다고 가이린이 안전하다는 보장은 없지.

제기랄! 이건 예언이 아니라 그냥 저주네.

피하려면 가이린이 먼저 날 죽이는 것 말고는 방법이 없는 거잖아.

……

내가… 다이크에게 죽게 된다고…?

내가 그곳에서 뛰쳐나온 결과가 이런 거였어?

엘가에서의 시간들이 내겐 최후의 만찬…

난 이런 끝을 보려고 그렇게 발버둥쳤나?

우리 안에 갇혀 도축을 기다리는 동물과 뭐가 달라?

……

끄으으응… 생각을 비우는 데도 엄청안 양의 생각이 필요한 모양…

199

젠장! 가야까지…

설마…

왜? 왜 백경대 라인이 전부 끊겨 있냐고?

정말 날 명분 만들기에 쓰려고…?

우린 견자단 하이퍼퀑 팀이다.

8우주 어디로 튀어도 내 안테나에 잡혀. 너 언제까지 비겁하게 치고 빠질 거냐?

비겁? 나 하나 잡으려고 300명을 동원하는 주제에.

너희야말로 일대일로 붙을 배짱이나 있어?

동료들한테 따돌림당하는 에이스가 있다더니 너였냐?.

우리가 비겁한 게 아니라 널 돕겠다고 아무도 안 나서는 거잖아.

300 대 1의 모양새는 네가 만든 거라고.

내가 상대해 주지.

가가가각

!

ㅎㅎㅎ... 너도 기술을 섞어 쓰는 모양이군.

꽤 정교한 조합이다. 준비가 안 된 상태였다면 가루가 됐겠어.

그런데 말이야. 백경대 팀이랑 붙을 거라는 기대 때문에

지금 V6로 몸을 한껏 데워놓은 상태란 말이야.

이제 진짜 견자단 화력을 경험해봐.

쎄엑

텅

콰

콰과과과과과

아주 잠시 너희 동료들의 형식적인 애도가 있을 테니

균등하게 나누라고 널 100등분 해주마.

......

뭐지? 왜 롯의 라인 연결만 끊겨 있는 거죠?

활력 징후는?

그 신호조차 받지 못하게 꺼져 있어요. 이상해.

뭐, 연결을 잠시… 잊은 거겠지.

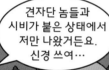

견자단 놈들과 시비가 붙은 상태에서 저만 나왔거든요. 신경 쓰여…

......

아무렴. 뭐가 걱정이야? 너와 같은 백경대 에이스한테 별일 있겠어?

공작님 특명이나 빨리 치워. 이거 정리 하려면 자정까지 빠듯할 듯.

어서 끝내고 확인해보자고.

......

퍼 버 버 벅

과연 에이스…!

방어 기술 연결 틈새가 촘촘해. 그래봐야 이제 곧 뚫리겠지만.

크윽…!

스윽

그래, 이 정도면 그 잘난 약효는 충분히 알겠어.

그럼 이제…

뻑

같은 조건으로 해보자고.

오호, 그건 또 언제 훔친 거야?

ㅎㅎㅎㅎ… 하이퍼 팀 도착 전에 싸우다 주운 것 같은데…

멍청아, V6는 종족마다 성분이 달라.

엉뚱한 거 집어 먹어봐야 비싼 영양제처럼 아무 소용없다고!

왈르르

그럼 다행이네. 이거 네 거야.

콰드득

내가 화장실에서 처맞고 있던 이유다.

어이, 그래도 문제야.

한 번에 그렇게 털어 넣었으니… 이제 곧 네 심장은 터지고 말아.

콰 과 과 과

!

심장만 터질 게 아닌 것 같은데…?

저승길… 전부 데려가주마.

ㅈㅈㅈㅈ

오호! 여기가 우라노…

우리 큥들에겐 절호의 기회야. 난리통 속에서 실컷 재미 좀 보자고.

이 행성에서 내 목표는 10억!

……

합법이든 불법이든 바짝 땡겨서 후딱 벗어나자고!

톡 톡 톡

흐으음…

진정해. 진정. 택배 상자 건은 아직 배후가 밝혀지지 않았어.

주교님, 아그네스 주교가…

응?

와줘서 반갑고 기쁘긴 한데 이 시간에 사복 차림으로… 웬일이야?

직접 뵙고 베레미즈 주교님께 급히 전할 사안이 있어서요.

뭐?

감찰국장이 내 뒷조사를 하고 있다고? 그게 무슨 소리야?

한 장로에게 주교님의 사생활에 관해 묻더랍니다.

진행하고 계신 두 개의 프로젝트가 성공하면 종단 서열이 완전히 뒤바뀔 텐데요.

205

최고 전투 모드로
전원 집합이라면…

드디어 백경대 팀이
등장한 모양이군.

슈
슈
슈

좋아!
기다리던 바!

……

제대로 실력
발휘해주지!

근무 중에
어디로들 가는
거야?

하여간
용병들은 저게
문제라니까.

……

하즈 님, 급한
면회 요청입니다!

아, 이 친구야!
내가 지금 그럴
여유가 있겠어?

펜타곤 멤버
였다는데요. 생사가
걸린 일이라고
간곡하게…

……

지금 많이
바쁘니까 용건만
간단히.

그래, 나한테
원하는 게
뭔가?

어르신,
살려주십쇼!

무슨 일이든
하겠습니다!

부디 사보이들 타깃 명단에서 절 좀 빼주십시오.

전… 제가 아는 한 특별히 의도적으로 엘가에 누를 끼친 적은 없습니다.

사보이들을 피해 외행성으로 피신했지만

행성 간 사보이들 간의 연계로 그곳에서도 밤낮으로 쫓기는 신세였습니다.

두 다리 뻗고 잠들어 본 지가… 어르신, 부디…

아, 제트가 언급했던 무지막지 하다는 쿵 놈이 이놈이구나.

곁에 두고 적절히 써보다가 신뢰가 쌓이면 하아켄을 잡는 데…

그러기 위해선 도망 못 가게 몇 가지 조치가 필요해.

뭐든지 하겠다는 태도가 마음에 드네. 명단에서 바로 삭제하지. 그런데 그러려면

자넬 잡으려고 그동안 사보이들이 들인 비용에 맞먹는 손해 보상을 해야 돼.

펜타곤 멤버들 비자금 형태로 각자 꽤 모아둔 걸로 알고 있는데…

그걸 거기에 쓰긴 아깝잖아. 우리가 보관하고 손해 비용은 대신 지불할 테니… 계약을 맺지.

엘가의 하수인으로 당분간 지내보는 거야. 적절한 보상을 받으며. 어떤가?

예… 예, 알겠습니다.

펜타곤 멤버들과는 어떤 감정의 골이 있는지 모르겠지만 오늘로 모두 잊게나.

난 그들과도 거래하거든. 그러니 서로 다치게 하는 일은 없었으면 해.

자넬 오늘부터 엘가 사람이니 우선 인장부터 받지. 그럼 또 보자고.

가시죠. 저를 따라오시면 됩니다.

……

……

발락은 종단
광견으로 불리던
대단히 집요한
자입니다.

뭐?
안식년을
요청한 뒤
잠시 물러나
있으라고?

타깃을 정하면
8우주 끝까지 물고
늘어진대요.

그래, 그건
익히 알고 있는 바.
젠장할!

베레미즈 주교님,
안전을 위해 잠시
쉬어 가시죠.

그래, 업무
수행 중엔 누구라도
감찰 대상에 포함되는
것이 종단법이다.

휴직 상태로
수사권에서 벗어나
대처 방법을 궁리
하는 게 좋겠어.

발락을 시켜
날 노리는 건 내가
가진 프로젝트
때문이야.

베샤카의 아침은
공증된 기획 소유권이
내게 있지만

덴마 프로젝트는
정식 인계 절차가 없었기
때문에 독점 주장이
어렵다.

이것이 그 여우가
노리는 포인트.

2개의 프로젝트
조합으로 일어날
시너지 효과를
생각한다면

절대로
빼앗길 수 없다.
죽 쒀서 개 줄 순
없어!

네… 네?

프로젝트 덴마에
소요된 모든 설비 자료와
실험 데이터들을 남김
없이 모두 내 계정에
업로드시켜.

그리고 현재
진행 중인 실험체와
장비들은 전부
파기한다.

아…

누구도 손 못 대게!
철저히!

209

선생님, 그간
안녕하셨어요?

선생님께 작별
인사 드리려고요.

아니,
이게 누구야?
아그네스!

초 단위로
일정을 쪼개야 하는
사람이… 여긴
웬일이래?

작별? 뭐야,
외우주에라도 발령
났어?

화
드
드
득

턱

퍼
벅

이 주변 현장 기억들
깔끔하게 지워라.

오케이!

풍
풍
풍

선생님의
끝 모르는 노욕이
풀밭의 자양분으로나마
쓰일 수 있다니 참으로
다행입니다.

주변의 안녕을
위해서라도 이제는
영면하소서,
뭇시엘.

이… 이런! 말도 안 돼. 방금 희생자가 100명을 넘었어.

이게 백경대 에이스의 전투력…?

바보 같은 소리 집어치워!

각성 상태로 치고 빠지는 전략이라 우리에게 불리할 뿐이야.

순간이동으로 저런 게릴라 전법을 쓰는데 누군들…

숫자가 많은 우리가 놈의 눈에 먼저 잘 띄어서 그런 거라고!

그럼…

견자단, 당황하지 말고 팀원 간 거리를 1킬로미터 이상 유지하라니까!

공격 범위 내에서 시계 방향으로 계속 이동해! 침착해! 겨우 한 놈이야!

전투가 시작된지 12시간이 지났어.

V6 과다 복용으로 이제 곧 번아웃 타이밍. 놈의 광란도 여기까지다.

짜
아
악

투두둑

탓

!

턱

털썩

슥

……

이게 견자단이
쓴다는 약…

후우우…
일대가 쑥대밭이네.
혼자서 300명을 상대하고
있는 거야?

대체…
고산 공작님의
의도는 뭐지?

아니! 그런 건
나중에 생각하고 어서 빨리
롯을 찾아야 돼!

당장 복귀하라고
전해!

뭐? 남자친구
찾으러 우라노에
갔다고?

지금 장난해?
대기하라는 내 지시는
뭘로 듣고?

지금
난리났어.

1분 내로 돌아오지
않으면 백경대원 계약
해지야! 알아서 해!

빈말 아닌 것 같다.
엄청 화내셨어.

당장
복귀해! 짤리지
않으려면!

……

어째 가만히
앉아 돈만 내는
양반이 현장에서
목숨 내놓는 사람
배려하는 구석이
없네요.

가는 길 차가
막혀서 복귀 시간이
늦어지고 있다고
전해주세요.

뭐? 야, 너
미쳤어?

선배도
도와줄 거 아니면
끊어요.

스르르륵

츠즈즈

오케이.
일단 일으켜
세워두고…

약효가 빠지니까
바로 퍼지네.

과다 복용 후라
앞으로 이틀 정도는
거의 혼수 상태,

완전히 탈진해서
어떤 물리적 대응도
할 수 없지.

214

약 통째 들이부은 미친놈 하나 때문에

어처구니 없게도 견자단 전력의 3분의 1을 잃었다.

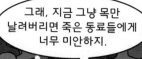

그래, 지금 그냥 목만 날려버리면 죽은 동료들에게 너무 미안하지.

조 이이잉

보복으로 전원에게 타격점을 공유한다.

인간의 몸에 가할 수 있는 물리적 보복의 최대치로

친구들의 원혼을 달래자. 모두 힘껏 날려!

퍼 버 벅

퍼 버 버 벅

우리 각자가 휘두르는 타격들이 전부 더해져

200연타를 한 번에 받는 거다.

네놈 몸은 세포 단위까지 곤죽이 될 거야.

퍼 버 버 벅

잔뜩 부어오른 시체를 발견한 백경대의 표정이 벌써 눈에 선한걸.

!

너를 견자단이 백경대에게 전하는 경고 메시지로 만들어 주마.

잠깐! 뭔가… 여기로 오고 있다.

드디어 백경대 등장이냐? 일단은 잠시 자리를 뜰까?

당장 그럴 필요는 없어. 여럿이 아니야. 단 한 명…

퍼버버벅

슈슈

퍽

퍽

털썩

투득

!

까드득

ㅋㅋㅋ… 등장과
동시에 뻗었네.

뭐야, 꼴랑
여자 혼자 온 거야?

속

여자… 혼자…
여기 왔다는 사실은
중요한 게 아니야.

너희가 정말
주목해야 할 두 가지는
내가 백경대 소속이라는
것과

너희가
백경대 에이스의
남자친구를 건드렸다는
사실이다.

전부 치워버린다.
다 덤벼!

그랬군. 왜 혼자 왔나 했더니…

왕따를 사귀니까 이럴 때 동료들한테 도움도 못 받지. 어쨌든 배짱은 인정할 만해.

하지만 거기까지야. 각성한 쿵이 200명…

하이퍼 쿵만 해도 70명이 넘는데 혼자서 무슨 수로?

너희가 쓰는 각성제 몇 알을 주워 먹고 왔어.

간단한 테스트를 해보고 여기 온 거야.

너희 200명을 상대로 나 혼자 싸우는 게 아니야.

너희가 날 도울 테니까.

우리가 널 돕다니… 무슨 소리야?

너도… 과다 복용이냐?

아니. 난 복용시 주의사항부터 확인했는걸.

약효 인정! 평의회가 이 약물을 왜 금지하는지 알겠어.

스즈즈즈

스즈즈즈

뭐… 뭐야?

각성제 덕인지 전사체 200여 체를 동시에 다루는 데 별다른 피로감이 안 느껴져.

이로써 200 대 1이 아니라 200 대 201이 됐네. 해볼 만하겠지?

……

너희가 맡은 일이 눈에 안 띄게 가이린을 경호하는 거라고?

그게 무슨 경호야? 그냥 감시하는 거잖아. 애먼 나까지!

어때? 오후 내내 집 알아보러 다니더니… 그 친구 거취 문제는 해결했어?

땡전 한 푼 없는 애가 얻을 수 있는 공간이 어딨겠어?

복지 시설 쪽으로 알아봤는데 모두 만땅이래.

그래? 그럼… 늑대굴 동지회를 통해 알아보는 건 어때?

넌 한때 붉은늑대였으니까 동지회의 안전성은 잘 알잖아.

아, 요놈들 보게. 가이린을 인질로 삼으려고?

인질? 말도 안 돼! 동지회랑 늑대굴은 엄연히 다른 조직… 알면서 왜 이래?

동지회가 엘가의 타깃으로 지정됐던 적이 한 번이라도 있었냐? 이유가 뭐겠어?

무엇보다 이 난리통에 거기보다 안전한 곳이 몇 군데나 있을 것 같냐?

……

끄응… 속셈이 뻔하지만 딱히 틀린 말은 아니지.

여성 동지들도 많으니까 실질적인 도움이 될 거라고.

아, 그렇게 좋으면 너나 가.

… 알았어. 의향은 물어볼게.

가이린 씨가 만일 동의 안 한다면 그건 네가 사실대로 얘기 안 했기 때문인 거다.

말도 안 돼!

지… 지금 그게 무슨 소리야?

놈들도 저희 걸 훔쳐먹었습니다.

견자단, 내 경호대가…? V6로 무장했는데도 백경대단 두 놈에게?

꼬아아아악! 그… 그걸 지금 말이라고?

아냐! 그럴 리 없어! 내가 그동안 너희에게 들인 노력이 얼만데?

커헉…!

뭐야, 왜 그래? 무슨 일이야?

!

견자단이라고! 8 우주 최고의…

안녕하십니까, 바후 백작님? 고산가의 백경대원입니다.

방금 이 친구가 전한 내용은 모두 사실입니다.

비록 패했습니다만 견자단의 백작님에 대한 충성심 하나 만큼은 분명히 8 우주 최고였습니다. 이게 그 증거 중 하나입니다.

고산 공작님께서는 백작님을 무척 보고 싶어 하셨는데… 이제 백작님을 가로막던 개 떼가 사라졌으니 두 분 곧 만나시겠네요.

219

......

늑대굴이라면…

정확히 얘기하면
동지회는 늑대굴과는
달라.

간단히 말해
비밀리에 후원금을
모아주는 사람들의
모임… 정도랄까?

조직이 체계적이고
실력 있는 자경대도
가지고 있어.

네가 지내기엔
어느 곳보다도
안전할 거야.

......

늑대굴을 후원한다면
역시 엘 백작님을 반대하는
사람들…?

뭐야, 그래서
꺼려진다고? 너 지금 오히려
환영해야 되는 거 아니냐?
그 변태가 너한테 뭘
잘했다고…

아니, 난 단지…

그 사람들과
잘 어울릴 수
있을지… 걱정이
앞서서.

네 과격한 속내를
들을 수 있는 사람이
있다면 모를까
뭐가 문제야?

힘내! 너 엄청
씩씩한 녀석이잖아.

하긴…
그 변태 때문에
자존감에 꽤나 타격을
입었을 테니.

이전처럼
자신감이 붙으려면
뭔가 동기가
필요하긴 할 것
같다.

어쨌든 긍정적으로
생각해봐.

이따 보자.
난 볼일이 좀
있어서…

220

ZZZ…

가야님 치유 능력 덕분에 이제 곧 회복될 겁니다.

ZZZ…

지금 남친 걱정할 때냐?

공작님이 찾으신다.

예, 전부 사실입니다. 견자단은 두 사람이 전부 치웠습니다.

가져온 V6샘플들은 팍스 중공업 연구팀에게 넘겼고요.

……

오는 길에 차가 막혀서 늦었다고?

이번 달부터는 월급을 두 배로 올려줄 테니까 앞으로는 무조건 비행기 타고 다녀. 가서 일 봐.

후우우…

끄아아아… 어서! 어서! 우리 백경대원 단둘이서 바후의 견자단 쓸어버린 거

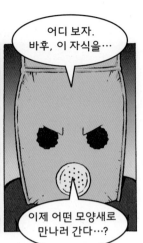

어디 보자. 바후, 이 자식을…

당장 8우주에 대대적으로 소문내! 각성제 복용 사실은 빼고!

이제 어떤 모양새로 만나러 간다…?

젠장!

팅

아, 전화 매너하고는! 바쁜 거 안 보여?

어디냐? 통화 가능해?

난 분명히 전했어. 결정은 가이린이 해. 기다려! 끊어!

염병, 넘겨짚기는! 용건은 그게 아니거든? 나도 방금 알게 됐는데…

네 여친, 테이. 지금 늑대굴에 와 있다.

……

……

……

휴직 신청이 방금 수리됐습니다.

지금부터 6개월간 주교직의 권리와 의무에서 벗어나…

%$#@&+! $…

후우우…

이로써 감찰국의 추적에서 잠시 숨돌릴 틈이 생겼다

…만 놈들에게서 어떻게 벗어날지 난감해.

바후?

이 시간에… 웬일이지?

……

맙소사! 어떻게 그런 일이… 이거 어쩌지?

응? 왜?

오늘부터 휴직이라 당분간 자기를 도울 화력 동원은 어려워서.

223

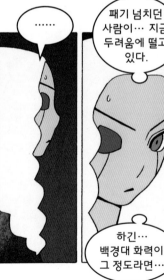

!

네, 주교님.

덴마 프로젝트 실험체와 설비들… 폐기했나?

아, 아직 준비 중입니다. 장비들 규모 때문에…

그렇다면 따로 분해하지 말고 고스란히

우라노 쿵 감옥 앞으로 옮겨놓도록. 행성 출입국 허가는 생략하고.

예…? 고스란히… 라는 건 설비째 갖다놓으란 말씀인가요?

그래, 종단 하이퍼 쿵들에게 맡겨서 통째로.

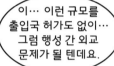

이… 이런 규모를 출입국 허가도 없이… 그럼 행성 간 외교 문제가 될 텐데요.

바로 그거야. 그걸 원해.

베… 베레미즈 주교님, 대체 무슨 말씀이신지…?

난처해할 것 없어. 휴직 전에 내렸던 폐기 처분 명령에 장소와 방법을 더한 것뿐이야.

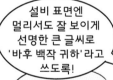

설비 표면엔 멀리서도 잘 보이게 선명한 큰 글씨로 '바후 백작 귀하' 라고 쓰도록!

그리고는 8 우주 각종 게시판에 태모신교 종단이 신자를 지키는 방법이라고 도배해!

2개의 다른 문제를 동시에 해결하는 방법은 그것들을 하나로 엮는 것.

종단과 8 우주의 시선을 집중시켜 고산이 애먼 짓 못 하게 하고

감찰국과 그 여우가 내 프로젝트에 손대는 걸 막는 거야.

구석에 몰린 쥐의 반격이다.

베레미즈가
휴직계를
냈다고?

네.

그래, 상대가
발락이라면 당연한
수순이지.

아그네스가 이야기를
잘 전달한 모양이야.

정말
요긴한 친구라니까.
하긴 그 순진해 보이는
얼굴 앞에서 누군들 경계가
안 풀리겠어?

지금쯤
주교직에서 벗어나
잠시 숨 좀 돌렸다고
생각하겠지만

그 친구가
놓친 게 있어.

종단법에 의거,
휴직을 하면 감찰국의
감시를 벗어날 수는
있지만

동시에 감찰국의
보호도 받지 못한다는
사실.

나라면 차라리
연인 관계를 바로
시인하고

몇 년간 근신 처분
받는 것을 선택했을
거야.

하지만
한 번도 실패한 적이
없었던 루키는 그걸
용납 못 할 테지.

후배가 이룩한
성과를 시기하면서
비굴하고 지지부진한
처세나 하는 선배들을
한심하다고 경멸하는
녀석이니까.

뭐…
한심한 건 인정.

지금 그 대목에서
자괴감을 느끼셨다면
늘 응원하고 있다는 걸
기억해주세요. 상위
포식자, 화이팅!

듣자니 덴마
프로젝트의 데이터만
남기고 전부 폐기하라고
했다며?

순진하군. 내가
소유권 문제 때문에
표도르의 유산만을
노릴 거라고 생각
했나 봐.

난 그녀가 양손에 들고 있는 전부를 원해.

두 프로젝트를 하나의 이름으로 통합할 거야.

베샤카의 아침보다는 부르기 쉬운 덴마로.

이름을 통일하면 내가 하나만 쥐고 있는 것처럼 보여서

종단 내 견제가 줄어드는 효과는 물론 많은 이득이 생겨.

구체적인 연구 성과가 드러나는 지금이 그것들을 내 것으로 만들 최적의 타이밍이다.

덴마 프로젝트의 이런 확장을 표도르가 본다면 저세상에서도 무척 기뻐할 거라 믿어.

지금도 또렷히 기억해. 처음 프로젝트를 내게 들고 와 승인받던 그 풋풋한 모습…

원래 시작은 물곰 프로젝트였어.

물곰? 놀라운 생존력을 가졌다는 그 완보동물 말씀 인가요?

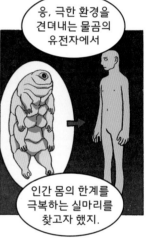

응, 극한 환경을 견뎌내는 물곰의 유전자에서

인간 몸의 한계를 극복하는 실마리를 찾고자 했지.

제법 진전이 있었던 그 연구가

소울 메이팅 기술과 접목되면서 지금의 이름을 갖게 된 거야.

그럼 덴마라는 건… 연구자? 연구 대상을 지칭하는 말인가요? 무슨 의미죠?

알다시피 소울 메이팅 이후 나타나는 대표적인 증상은 뇌종양.

그 시술에 의구심과 반감을 가졌던 연구자들은 메이팅 기법을 그냥 뇌종양이라고 불렀는데

비아냥거리는 의미가 한층 더해져 언제부터인가 단어의 중간은 떼버리고 자기들끼리 enma라고 말하기 시작했어.

227

물곰 유전자 기술이 쓰인 인체에 메이팅 시술이 적용되는 데는

B- enma
C- enma
D- enma
E- enma

모두 20여 가지의 종류가 있었는데 여기에 알파벳을 하나씩 붙여 분류했지.

원래 메이팅의 압박이 만드는 종양은 악성이 아닌데도

HDGM-03

완보동물 유전자 시술이 된 인체에서는 대부분 악성으로 변하는 거야.

이때 유일하게 악성이 되지 않은 것이 바로 D타입,

Denma

이게 프로젝트 이름이 덴마가 된 배경이야.

메이팅 이후 무리하면 악성 종양이 생긴다는 건 대부분의 전문가들과 퀑 딜러들도 알지만

우리가 예외 타입을 발견했다는 건… 아마 누구도 모를걸?

인류가 꿈에 그리던 존재의 탄생,

표도르는 덴마 프로젝트를 종단의 염원인 죠슈아의 부활 이벤트로 활용하고자 했어.

오, 어찌나 영적이며 주교다운 발상인지… 나라면 군대를 만들 텐데.

안타까운 건 죠슈아 재림은 이미 극비리에 진행되고 있었다는 것.

표도르가 만든 통제 가능한 신들과

베레미즈가 주도한 바이러스 퀑 제어 기술, 베샤카의 아침을 덴마 프로젝트란 이름으로 통합해

부활한 죠슈아들을 보좌할 신의 군대와 무기를 만드는 데 쓸 거야.

이것이 프로젝트 덴마가 전 우주를 통합하는 종단 최고의 생존 전략인 이유다.

17권 마침.

DENMA 17

© 양영순, 2020

초판 1쇄 인쇄일   2020년 5월 21일
초판 1쇄 발행일   2020년 5월 28일

지은이   양영순
채색   홍승희
펴낸이   정은영
편집   고은주 정사라 문진아

펴낸곳   ㈜자음과모음
출판등록   2001년 11월 28일 제2001-000259호
주소   (04047) 서울시 마포구 양화로6길 49
전화   편집부 (02)324-2347, 경영지원부 (02)325-6047
팩스   편집부 (02)324-2348, 경영지원부 (02)2648-1311
E-mail   neofiction@jamobook.com

ISBN 979-11-5740-334-9 (04810)
     979-11-5740-100-0 (set)

이 책에 실린 내용은 2018년 10월 4일부터 2019년 3월 25일까지 네이버웹툰을 통해 연재됐습니다.